O AMIGO
PERDIDO

Hella Haasse

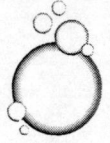

Copyright © 1948 The Estate of Hella S. Haasse
Original title Oeroeg
First published in 1948 by Em. Querido's Uitgeverij, Amsterdam

Grafia atualizada segundo o Acordo Ortográfico da Língua Portuguesa de 1990, que entrou em vigor no Brasil em 2009.

Edição: Felipe Damorim e Leonardo Garzaro
Tradução e notas: Daniel Dago
Revisão: Leonardo Garzaro, Ana Helena Oliveira e Lígia Garzaro
Arte: Vinicius Oliveira
Preparação: Leonardo Garzaro

Conselho editorial: Felipe Damorim, Leonardo Garzaro, Lígia Garzaro, Vinicius Oliveira e Ana Helena Oliveira

Catalogação na publicação
Elaborada por Bibliotecária Janaina Ramos – CRB-8/9166

H112
    Haasse, Hella
        O amigo perdido / Hella Haasse; Tradução de Daniel Dago – Santo André - SP:
        Rua do Sabão, 2021.

        Título original: Oeroeg
        130 p.; 14 X 21 cm
        ISBN 978-65-86460-21-6

    1. Literatura holandesa. I. Haasse, Hella. II. Dago, Daniel. III. Título.
                                                                                                                           CDD 849.2

Índice para catálogo sistemático
   I. Literatura holandesa

[2021]

Todos os direitos desta edição reservados à Editora Rua do Sabão
Rua da Fonte, 275, sala 62 B,
09040-270 — Santo André — SP

🌐 www.editoraruadosabao.com.br
❶ / editoraruadosabao
◉ / editoraruadosabao
▶ / editoraruadosabao
Ⓟ / editorarua
◯ / edit_ruadosabao

O AMIGO PERDIDO

Hella Haasse

Traduzido do holandês por Daniel Dago

U rug era meu amigo. Quando relembro minha infância e adolescência, sua imagem surge nítida diante de mim, como se a lembrança fosse uma daquelas figuras mágicas que comprávamos, três por dez centavos: amareladas, cartões brilhantes com papel coberto de cola, que devia ser raspado a lápis para que a imagem oculta se revelasse. É assim que Urug aparece quando mergulho no passado. Todos os ambientes podem mudar, já que o período que me vem à memória pode ser de muito ou pouco tempo atrás, mas sempre vejo Urug, tanto no jardim silvestre de Kebon Jati quanto na lama marrom avermelhada ao longo das sendas das sawas[1] afundadas nas montanhas de Preanger; nos

---

[1] "Arrozais", em malaio.

vagões abafados do trenzinho que nos levava todos os dias, para lá e para cá, até a escola primária em Sukabumi; e, depois, no internato na Batávia,[2] quando frequentávamos o ensino médio. Urug e eu brincando e caçando na selva; Urug e eu debruçados sobre a lição de casa, sobre nossa coleção de selos e livros proibidos; Urug e eu invariavelmente juntos em todos os estágios do desenvolvimento, de crianças a rapazes. Posso muito bem dizer que Urug está marcado na minha vida como um carimbo, uma marca: agora mais que nunca, a cada contato, e não sei por qual motivo quero explicar minha relação com Urug e contar tudo que ele significava para mim, e ainda significa. Talvez o que me aflija seja seu outro lado, irrefutável, incompreensível, o segredo de espírito e sangue que, para uma criança e um rapaz, não eram fonte de problemas, mas que agora parecem bem mais torturantes.

 Urug era o filho mais velho do *mandur*[3] do meu pai e, assim como eu, nasceu em Kebon Jati, na propriedade que meu pai administrava. Tínhamos apenas algumas semanas de diferença de idade. Minha mãe gostava muito da mãe de Urug, talvez porque quando era uma jovem holandesa, estando

---

2 Atual Jacarta.
3 "Capataz", em malaio.

pela primeira vez nas Índias Holandesas, praticamente sem ter qualquer contato com pessoas do mesmo sexo e raça na remota Kebon Jati, deva ter encontrado compreensão e afeto na gentil e animada Sidris. A ligação foi fortalecida pelo fato de que ambas estavam grávidas pela primeira vez. Durante várias horas por dia, quando meu pai fazia inspeções no jardim ou trabalhava no escritório ao lado da fábrica, minha mãe e Sidris ficavam sentadas na varanda dos fundos da casa, cosendo e conversando, participando de um jogo íntimo de perguntas e respostas sobre suas experiências, angústias e desejos, as incontáveis mudanças de humor e sentimentos que encontram ressonância apenas de mulher para mulher. Elas viam as coisas de maneira diferente e uma falava mal a língua da outra, mas, sob o penhoar e o *sarong*[4] despontava o mesmo milagre. Por isso, era compreensível que aquele tempo de reunião continuasse até mais tarde, quando eu já estava no berço de vime e tule, deitado ao lado da cadeira da minha mãe, e Urug estava dependurado no *slendang*[5] feito em *batik*,[6] ajustado às costas de Sidris. A imagem mais antiga de que

---

4 Tipo de saiote indonésio.
5 Espécie de bolsa feita de pano, usada tanto para carregar bebê quanto objetos; traje típico indonésio.
6 Técnica de tingimento de tecido artesanal indonésia, geralmente com desenhos figurativos.

minha memória consegue se lembrar me mostra as duas mulheres entre as colunas de mármores da varanda dos fundos, cercadas de pilhas de remendos brancos. Urug e eu rastejávamos em idênticos macacões de tecido listrado, entre os vasos de samambaias à beira dos degraus da varanda. À nossa volta havia pontos coloridos e brilhantes em vermelho, amarelo, laranja, que se moviam para lá e para cá ao vento — anos depois, soube que aquilo eram as canas plantadas em grande quantidade no quintal. Urug e eu buscávamos, entre o cascalho, pedrinhas levemente translúcidas que os nativos às vezes poliam, a fim de parecerem pedras semipreciosas. O ar era cheio de zumbido de insetos, e os pombos arrulhavam nas gaiolas içadas em estacas de bambus atrás dos quartos dos empregados. Um cão latia, galinhas guisadas cacarejavam pelo quintal inteiro, e as poças d'água soavam na cisterna. O vento que vinha da montanha era frio, acompanhado de um leve cheio de fumaça oriundo das *desas*[7] mais distantes. Minha mãe nos dava creme de baunilha em copos coloridos: vermelho para mim, verde para Urug. O gelo tinia nas bordas. Hoje, é impossível sentir o cheiro de baunilha sem que aquela imagem me volte à memória: Urug e eu bebendo concentrados

---

7 "Vilarejos", em indonésio.

nos degraus repletos de pedrinhas, as samambaias e flores dançando ao vento, e todos os sons da manhã no quintal ensolarado.

Dois anos depois que nasci, minha mãe teve um aborto espontâneo e ficou estéril logo em seguida. Talvez por isso Urug fosse meu único companheiro de brincadeiras, apesar de Sidris ter tido um filho atrás do outro. As horas na varanda logo acabaram. Às vezes, minha mãe sentava-se sozinha ali, com cartas ou costura, mas era mais comum encontrá-la no crepúsculo do seu quarto, recostada numa cadeira de palha com um lenço úmido na cabeça. Eu buscava e encontrava divertimento ao lado de Urug, vagando pelo quintal ou além da cerca, na *kampong*[8] e nos locais adjacentes aos jardins de chá. Com frequência, passávamos dias inteiros na casa do *mandur*, com Sidris e os irmãos e irmãs de Urug. Eles moravam na única casa de pedra da *kampong*. O quintal dava para o rio, que naquele local era estreito e cheio de seixos grandes. Nós, crianças, pulávamos de apoio em apoio ou vadeávamos, entre as pedras, por lugares onde a sombra na água cristalina ainda estava tão parada como se estivesse numa bacia, em busca de caranguejos vermelhos e verde-amarelados, libélulas

---

8 "Aldeia", em indonésio.

ou outros animais. Acima das poças, sob as moitas densas ao longo das margens, havia uma profusão de insetos. Enquanto as crianças menores se abaixavam nuas, imóveis, na lama amarronzada, Urug e eu cutucávamos paus nos recônditos sombrios debaixo do verde suspendido. Na época, tínhamos seis anos. Eu era o mais alto, mas Urug, com um corpo musculoso e magro, parecia mais velho. O contorno dos seus ombros até os quadris estreitos, ligeiramente achatados dos lados, tinha a mesma flexibilidade casual vista nos meninos e rapazes esguios da fábrica e das *sawas*. Com seus dedos ágeis e flexíveis, ele se equilibrava de cócoras nas pedras e nos galhos das árvores, com uma atitude mais confiante que a minha, e reagia mais rápido quando perdia o equilíbrio. Eu ficava tão absorvido nas nossas brincadeiras que tinha apenas uma vaga ideia dessas coisas. No entanto, lembro-me de ficar irritado com minhas sardas, a vermelhidão, a pele descascada no sol escaldante, e de que invejava Urug pela sua pele escura e homogênea, salpicada aqui e ali por manchas rosas, que indicavam uma prévia doença de pele. O rosto de Urug era reto e largo, igual ao da sua mãe, Sidris, mas sem o traço de alegria gentil que a tornava tão atraente. Que eu me lembre, seus olhos nunca perderam o olhar tenso, perscrutador, como se esperasse por um som, um sinal, que ninguém conseguia escutar, a não ser ele. Os olhos de Urug eram tão escuros que até o branco ao redor da íris parecia assombreado. Quando ria ou expressava raiva, ele os espremia um pouco, por isso o brilho ficava escondido atrás da coroa de cílios duros. Assim como a maioria dos nativos, Urug nunca abria a boca ao rir. Numa explosão de alegria verdadeiramente indomável, ele ficava calado, balançando-se para a frente e para trás, e contorcia o rosto com caretas. Em geral, ele se divertia com coisas diferentes das minhas. Quando eu pulava sobre as pedras no *kali*,[9] eufórico e animado, depois de uma captura bem-sucedida — um caranguejo rosado, marmóreo feito uma concha, ou uma salamandra transparente —, Urug apenas me via com olhar tenso, sombrio, e até dilatava um pouco as narinas. Ele lidava bem com animais, pegava-os e transportava-os sem nunca se machucar. Eu queria mantê-los em caixas e vidros com tampas e minha mãe, apesar de nunca superar sua aversão por "animais", me deu permissão para guardar minha coleção numa das dependências da casa. Mas Urug tinha pouco prazer no cuidado regular e na manutenção desse zoológico ambulante. Sua atenção afrouxava onde a minha começava. Ele gos-

---

9 "Rio", em indonésio.

tava de provocar um caranguejo com uma palha até o animal se colocar em posição de ataque. Mas, sobretudo, gostava de pôr para brigar animais de diferentes espécies, levava sapos para testar sua força contra o rio e os caranguejos terrestres, incitava tarântulas contra salamandras, vespas contra libélulas. Talvez seja ir longe demais falar em crueldade. Urug não era cruel, só que ele não tinha a sensação de que um ocidental muitas vezes tem de poupar e tratar respeitosamente os animais devido à ligeira consciência do parentesco de ambos. Quando eu, o espectador dessa luta de gladiadores, gritava — em parte pela emoção, em parte por ser tomado pela culpa e horror —, Urug me olhava de soslaio, espantado, e dizia em sundanês, como que para me acalmar: "E daí? São só animais." Adorávamos brincar de caçadores e exploradores, andando sorrateiramente por entre as árvores frutíferas do quintal ou, para ficar mais emocionante, nas pedras do rio. Quando meu pai viajava a trabalho e minha mãe sofria com suas cada vez mais frequentes dores de cabeça, eu comia à tarde na casa de Urug. Sidris, envelhecendo rápido e um tanto fora de forma depois de tantas gravidezes, agachava-se entre os utensílios de cozinha do quintal com a agilidade peculiar feminina e, em óleo quente, fritava panquecas recheadas com arroz e carne. As crianças sentavam-

-se ao redor e comiam caladas o que Sidris lhes dava enrolado em folhas de bananeira. Galinhas magras ciscavam em grãos de arroz derramados e um cachorro negro, que sempre tinha sarna, espreitava à distância, esperando até que nos levantássemos. Eu me sentia em casa com Urug e também dentro daquela casa, com cheiro de óleo de coco que Sidris passava no coque do cabelo. Na varanda da frente havia algumas cadeiras de balanço antigas e bem fundas, um presente da minha mãe. Leques de papel e retratos coloridos recortados de revistas estavam pendurados na parede interna de bambu entrelaçado pintado de branco. O que eu achava mais bonito era uma cortina de contas japonesa, uma porta de entrada camuflada para dois quartos. Mostrava o Monte Fuji num azul turquesa irreal com árvores de flores verde--marinho e rosa berrante em primeiro plano. Quando passávamos pela tela, várias contas farfalhavam misteriosamente atrás de nós. O avô de Urug, dia após dia, ficava sentado numa das cadeiras de balanço usando um pijama de algodão listrado com um *sarong* colocado solto nos ombros. Ele estava senil e não fazia nada além de assentir e rir, deixando à mostra os tocos de dentes de coloração carmesim, consequência da mastigação de *sirih*.[10] Na frente da casa havia um pátio separado do resto da *kampong* por um muro baixo e caiado. Na terra avermelhada, Urug e eu seguíamos o exemplo do jardineiro da minha casa ao delimitar o canteiro de flores — na verdade, não da mesma forma, com pedras brancas e flores em potes decorativos, e sim com garrafas que enterrávamos com o gargalo para baixo, para que apenas o solo escavado, a luz e o verde-escuro, aparecessem, com as estacas de terra para cima. No jardim de Sidris não cresciam nem relva nem árvores, mas o efeito do nosso canteiro não era menos atraente. Às vezes, Urug ia à minha casa também, mas nós dois não nos divertíamos muito com essas visitas. Brincadeiras agressivas eram excluídas, pois, na opinião da minha mãe, éramos bastante agitados para lidar com bloquinhos de construção e livros de figuras. Na época de chuvas, quando o jardim virava um pântano e as sendas, um riacho montanhoso, sentávamos nos degraus da varanda dos fundos com os dedos estendidos na névoa de gotas d'água que escorriam pelo telhado. Jatos saíam das calhas ao longo do telhado com um monótono tom

---

10 Haasse prefere usar o termo em indonésio e não em holandês, que seria *betelpeper*. A tradução brasileira é "bétel", que é um tipo de folha estimulante bastante usada na Ásia em geral e na Indonésia também. Bétel é parecida com a folha da pimenta do reino e sua característica, além do efeito aditivo, é justamente manchar os dentes.

menor em direção às valas e poços, enquanto as rãs coaxavam o dia inteiro e, além disso, não se ouvia outra coisa sob as baixas nuvens escuras, que o pico da montanha escondia de nós. Naquela época, meu pai passava mais tempo em casa. Ficava na varanda interna, que lhe servia de escritório, às vezes com minha mãe, mas em geral permanecia sozinho. Urug e eu comíamos, inefavelmente, em mesas separadas e em horário diferente do dos meus pais. Apenas à noite eu comia com meu pai e minha mãe, mas nunca me sentia tranquilo nessas ocasiões. A mesa ficava sob a luminária baixa, igual a uma ilha de solidão na imensa varanda dos fundos. De tempos em tempos, meus pais trocavam algumas palavras em tom abafado, em geral sobre assuntos domésticos, a fábrica, questões relacionadas aos empregados. A fim de nos servir, o djongos[11] se movimentava para lá e para cá, entre a mesa e a despensa, calado, com um lenço dobrado delicadamente na cabeça, como uma coroa. Quando ele se curvava perto de mim, eu sentia o cheiro misto de tabaco suave e amido, que ficava impregnado para sempre no sarong e no casaco branco. Às vezes meu pai me perguntava: se eu tinha sido obediente, o que havia feito durante o dia. Eu nunca podia dar respostas francas, pois sa-

---

11 "Criado", em indonésio.

bia que poderia gerar desavenças entre meus pais, como geralmente acontecia. Meu pai escutava os relatos um tanto confusos das brincadeiras e aventuras franzindo o cenho, numa careta de desgosto. "O menino não deveria ficar na kampong", quase sempre dizia quando eu me calava. "É ruim para ele. Não fala uma palavra compreensível de holandês. Não percebeu? Está virando um puríssimo katjang.[12] Por que você não o deixa em casa?"

"Ele tem que ir para a escola", minha mãe falou uma vez, respondendo à invectiva. "Tem só seis anos. Como posso deixá-lo em casa? Ele tem que fazer alguma coisa, tem que brincar. Não há outras crianças por aqui. Está sempre sozinho."

"Urug!", exclamei, indignado por sua incapacidade de mencionar meu amigo do peito. Minha mãe deu de ombros.

"Ele não entra em nenhuma escola falando aquela língua", disse meu pai. "Quase todas as palavras que diz são em sundanês. Primeiro vai ter que aprender a falar um holandês decente."

Não testemunhei o restante da conversa, mas alguns dias depois recebemos à tarde

---

[12] Literalmente, "amendoim", em indonésio, mas também é um termo pejorativo para designar uma pessoa mestiça.

a visita de um rapaz, empregado da fábrica, que, como eu soube mais tarde, tinha estudado inicialmente para ser professor. Explicaram-me que eu seria preparado para poder entrar no primário em Sukabumi. Resisti desesperado. Do lado de fora, no quintal, Urug me esperava — minha mãe o mandara para lá quando meu novo professor chegou. Entre o matagal, perto dos quartos dos empregados, vi a camiseta de malha vermelha viva de Urug tremulando. Tínhamos combinado de escavar formigas-leões. Enquanto minha mãe conversava com o rapaz, tentei, em vão, sair furtivamente pela varanda dos fundos. Tive de me sentar numa cadeira e responder às perguntas sem recorrer ao sundanês, língua em que era mais confiante do que o holandês. Urug veio até os degraus da varanda e olhou calado, surpreso. Ficou observando até a "aula" acabar, imóvel.

Naquela noite, minha mãe foi ao meu quarto antes de eu dormir, algo que raramente fazia. Enquanto me despia e me lavava tímido sob os cuidados da *babu*,[13] ela me contou que as aulas com o sr. Bollinger continuariam até agosto, o mês em que a escola começaria. Falei que não queria ir para a escola, consciente de que isso resultaria em

---

13 "Babá", em indonésio. Palavra muito associada ao período da colonização.

inação e interrogatório. Minha mãe resumiu as alegrias que meu futuro teria, mas a perspectiva de aprender a ler, calcular e escrever tinha poucos atrativos para mim.

"O Urug vai comigo?", perguntei, quando ela terminou de falar. Minha mãe suspirou. Estava sentada numa cadeira de palha baixa, perto da cama, e vestia um quimono de estampa florida, envolta no cheiro inconfundível da água de colônia. "O que você acha?", perguntou impaciente, enquanto enxugava a testa com um lenço úmido. "Não seja bobo. O Urug é um menino nativo."

"*Ele* não tem que ir para a escola?", insisti. Minha mãe se levantou e me beijou rápido na bochecha. "Talvez sim", disse vaga. "Mas para outro tipo de escola, claro. Agora durma, vá." Subi na cama e a *babu* fechou o mosquiteiro à minha volta. "Vou perguntar para a Sidris...", comecei, de cócoras, enquanto olhava minha mãe pela tela do mosquiteiro. Ela ficou na porta. "Você não vai mais brincar na *kampong*", falou num tom nervoso, irritado, que expressava que a dor de cabeça estava chegando. "Seu pai não quer. Deixe o Urug vir aqui, se você quiser. Durma bem."

Então aquilo aconteceu. Embora eu tivesse, de vez em quando, a oportunidade de fugir para o rio e para a casa hospitaleira de Sidris, em especial durante a ausência do meu pai, Urug geralmente ia brincar na minha casa. Colhíamos frutas no jardim, ficávamos entre os arbustos do quintal malcuidado, a fim de caçar todo tipo de animal ou, na chuva, agachávamos entre as colunas da varanda dos fundos, fazendo nem me lembro mais o quê. Quando o sr. Bollinger vinha para a "aula", Urug continuava ali por perto. Ele sentava-se no chão, na outra ponta da varanda, e não tirava os olhos de nós. Recebeu bem calmo a notícia de que eu iria à escola. Apenas perguntou se eu iria de trem, e quando respondi afirmativamente, começou a imitar o som de uma locomotiva, soprando e acelerando com concentração fanática. Não trocamos mais nenhuma palavra sobre a escola ou o sr. Bollinger. Tanto Urug quanto eu achávamos absolutamente normal sua presença durante as aulas. De tempos em tempos, minha mãe aparecia quando o sr. Bollinger estava ali e algumas vezes tentava mandar Urug embora. Ele ia lentamente, mas quinze minutos depois voltava, passando entre os vasos de flores da varanda.

Meu pai parecia contente com o progresso, no que dizia respeito à expansão do meu vocabulário. No entanto, foi apenas no período escolar que perdi o forte sotaque de alguém que se expressava mais fluentemente em sundanês do que em holandês. Os meses passaram rápido e os preparativos para a ida à escola foram tomados. Uma costureira, idosa e nativa, sentava-se atrás de uma máquina de costura na varanda interna e fazia, sob a supervisão da minha mãe, as calças e blusas que substituiriam as roupas de algodão que eu usava para brincar. Um chinês veio me medir para fazer sandálias. Por fim, meu pai voltou de uma viagem trazendo uma mochila e acessórios. Eu me exibi a Urug completamente engomadinho. Ele me olhou atento, inspecionou o conteúdo do estojo, e perguntou outra vez se eu pegaria o trem todo dia.

Certa noite, minha mãe andou pela casa com um vestido formal e de cabelo penteado. As lamparinas da varanda interna estavam acesas e nosso *djongos* dispunha pratos com aperitivos à mesa. Soube que teríamos visitas — alguns senhores e uma senhora da Batávia, que estavam hospedados perto da empresa, e o sr. Bollinger. "Não, você não vai ter aula", disse minha mãe sorrindo, quando parou na frente do espelho e deu uma olhada. "Se você se comportar, pode jantar conosco." A *babu* me pôs numa daquelas roupas escolares. Bastante impressionado pela situação incomum, fiquei na frente da casa esperando os convidados chegarem. O sol tinha acabado de se pôr e as árvores que delimitavam o jardim estavam bem assombreadas pelo monte de nuvens que aparecia a oeste. No cume da montanha ainda havia luz. O zumbido doce e sonolento dos insetos vinha da escuridão, sob os arbustos e as árvores. A batida do tronco de uma árvore oca veio da *kampong*, indicando que a noite tinha surgido. Enquanto eu olhava o brilho desaparecendo acima do horizonte, fui tomado por uma sensação de receio que nunca tinha tido antes — pois deveria ir à escola, e tudo então seria diferente. Não sei se tinha consciência disso tudo na época, portanto pode ser que agora, pensando naquilo, eu encontre uma interpretação para aquele humor melancólico e aborrecimento vago.

Ao longe, perto da estrada principal, um automóvel passou pelo portão e, um pouquinho depois, parou na frente dos degraus da varanda. Minha mãe apareceu e cumprimentou os convidados. Meu pai estava com eles. Do jantar em si, só me lembro que meus pais falavam e riam como nunca haviam feito antes e que eu fiquei tão espantado com o fato que quase me esqueci de comer. Depois da *mesa de arroz*,[14] quando todos estavam na varanda interna — eu estava sentado no chão, despercebido, ao lado do gabinete do gramofone —, um dos convidados sugeriu fazer um passeio até Telaga Hideung, o Lago Negro, que era bem acima das montanhas. Ao escutar aquele nome, meu coração começou a bater mais rápido. Nas fantasias que Urug e eu tínhamos, o lago da montanha desempenhava um papel importante; isso se devia sobretudo às histórias misteriosas que circulavam a seu respeito. Telaga Hideung, nas profundezas da selva, era o lugar de encontro de espíritos malignos e almas mortas; Nènèh Kombèl morava ali: um vampiro disfarçado de velha que espiava crianças mortas.

Uma das mulheres que moravam na casa de Sidris, uma prima de Urug chamada Satih, contava histórias aterrorizantes, todas ligadas de uma maneira ou outra ao Lago Negro. Nossa imaginação o pintava como uma planície de água de tinta preta onde monstros e fantasmas ficavam à solta. Depois, quando crescemos um pouco, gostávamos de

---

14 Em holandês, *rijsttafel*, literalmente "mesa de arroz". São diversas tigelas, em geral quarenta, servidas com arroz preparado de inúmeras maneiras. Apesar de se tratar de uma comida indonésia, os holandeses introduziram o costume do *rijsttafel* durante a colonização com dois objetivos: comer bastante de uma vez só e impressionar os convidados com a abundância da colônia. Atualmente, a iguaria é logo associada ao período colonial e é servida em restaurantes indonésios na Holanda.

ir ao lago para lutar com essas criaturas. Às vezes, quando cansávamos de brincar ou nos abrigávamos da chuva, agachados, transformávamos a futura expedição em detalhes assustadores, tremíamos de medo de que não gostássemos de nos submeter a algo desagradável. Estive uma vez em Telaga Hideung, quando era bem pequeno, mas não me vem à mente nenhuma outra imagem a não ser a do meu pai em trajes de banho. O lago servia de piscina aos empregados da empresa, mas não com frequência, pois ficava muito afastado. Agora o sr. Bollinger sugeria ir tomar banho lá, apontando a lua cheia, visível como um disco laranja avermelhado atrás da folhagem das árvores. O plano foi aprovado com animação. Enquanto todos se levantavam, saí do meu esconderijo rastejando e puxei um pedaço do vestido da minha mãe. Ela corou e seus olhos reluziram. Naquela noite, achei-a estranha e bela, com brincos grandes e os cabelos puxados para cima.

"O quê, você ainda não está na cama?", ela perguntou, rindo distraidamente. "Quer vir conosco?" Meu pai, que saía do quarto com os braços cheios de roupas de banho, franziu as sobrancelhas e fez objeções, mas o resto da empresa, rindo e brincando — havia várias taças vazias na mesa —, convenceu-o de que eu podia ir junto. Tremi de emoção. Senti muito que Urug não estivesse presente, mas por outro lado me encheu de orgulho e animação o fato de que eu seria o primeiro a ir lá, mesmo que sob a proteção dos adultos, cuja alegria descuidada, como se fosse uma viagem de diversão, eu admirava secretamente. O serviçal foi mandado à casa do *mandur* para que trouxesse Deppoh, o pai de Urug. Não entendi o porquê, mas não me atrevi a perguntar e nem mesmo a pedir se Urug podia vir comigo, temendo que me deixassem em casa no último minuto. Por fim, todos nós entramos no automóvel. Eu me apoiei nos joelhos do sr. Bollinger. O pai de Urug e nosso jardineiro, Danuh, iam em ambos os lados do estribo. E fomos embora. Olhei para Deppoh, a quem eu não conhecia muito bem e pelo qual eu tinha quase tanta admiração quanto por meu pai. Ele era o mais belo nativo que eu já tinha visto, esbelto e alto, com o rosto excepcionalmente bem desenhado. Estava firme no estribo, segurava-se apenas com uma mão. O luar aparecia no seu casaco branco engomado. Percebi que ele olhava com reprovação para o pessoal barulhento no automóvel. Um dos nossos convidados contou uma longa história, cujo ponto central eu não entendi, mas que foi interrompida por uma chuva de risadas. Minha mãe estava atrás, no canto entre o sr. Bollinger e a lateral do automóvel, com a cabeça encostada nas dobras da cobertura desdobrada. Vi cintilarem lágrimas de alegria nas suas bochechas. Era desconfortável ficar nos joelhos do meu professor e tentei achar um assento na ponta do banco, entre ele e minha mãe. Puxei um pedaço do vestido da minha mãe e, por acidente, descobri que ela segurava a mão do sr. Bollinger. O céu noturno era azul metálico, cheio de estrelas. A lua estava mais alta e tinha perdido seu brilho vermelho. O vento farfalhava na relva e nos bambuzais ao lado da estrada, que acabavam nas grandes curvas ao longo da montanha. Às vezes, passávamos por um lugar aberto, onde era possível ter a vista da planície. As *sawas* brancas fulgiam entre o grupo de árvores negras e, aqui e ali, uma luz fraca piscava na casa da *desa*. Vistos de cima, os jardins de chá, com suas extensas fileiras, pareciam arbustos idênticos, rebanhos de ovelhas postos em ordem, imóveis ao luar, e apenas em alguns lugares eram sombreados pela folhagem leve das árvores de albizia.

    Enquanto seguíamos em frente, ouvíamos com mais nitidez o murmúrio das quedas d'água. Os riachos brilhavam entre as pedras cobertas de musgos do lado íngreme da montanha, as águas se convertiam num rio ao longo da estrada. Nessa altitude, o ar estava quase frio e havia um cheiro de terra úmida e folhas podres. Perto da curva da estrada começava a selva, e adentramos nas trevas sob risos e provocações. Eu me agachei no chão do automóvel, temendo a escuridão cheia de sons noturnos. Apenas a proximidade de Deppoh, que estava imóvel no estribo, me dava uma sensação de segurança. Eu achava que os outros, com sua algazarra e suas brincadeiras, não percebiam o perigo daquele reino cheio de demônios. Mas eu tinha certeza de que Deppoh, cujo perfil bem definido eu olhava sempre que o luar batia na abóbada sobre nós, sabia disso. O automóvel parou e todos saíram. Fiquei perto de Deppoh, que iluminava o caminho de vegetação rasteira com uma lanterna de bolso. Escalamos uma trilha estreita e rochosa, que continuava bem para cima. Farfalhava ao redor, como se seres invisíveis rastejassem pela montanha conosco. Algo pulava sobre nossas cabeças nos galhos das árvores. "Um esquilo voador", disse Deppoh, em quem eu me segurava pelo sarong. "Não é Nènèh Kombèl?", sussurrei, ainda trêmulo de medo. "Oh, não." A voz de Deppoh soava seca, mas decidida. "O sinjo besar[15] deveria estar na cama." Ele parou e se virou, iluminando a trilha com a lanterna, para que os outros pudessem nos acompanhar. Subiam em fileira, um atrás do outro. Minha mãe e

---

15 Em indonésio, literalmente, "grande senhor"; tratamento formal usado por nativos e direcionado aos meninos.

o sr. Bollinger, que a ajudava, foram os últimos. Continuamos andando como se entrássemos num túnel de trevas, no qual apenas a lanterna de Deppoh abria um caminho de luz. Permaneci ao seu lado completamente calado e dei meu melhor para não ficar com medo dos sons do matagal. "O Urug não vai para a escola?", perguntei afinal. Pensar em Urug parecia fornecer um elemento de realidade a esse mundo tenebroso. "Talvez", respondeu Deppoh.

    Uma luz fraca brilhava ao longe. Quando nos aproximamos, vi que era o luar, que abria passagem entre as folhas das árvores inclinadas, até a iluminação se juntar outra vez. "Telaga Hideung é ali", disse Deppoh calmo. Meu coração bateu na garganta, mas não era mais possível voltar. Meu pai e dois senhores estranhos começaram a correr, apostando quem seria o primeiro a chegar ao lago. Eu me envergonhei por eles e espiei medroso à esquerda e direita, em busca de sombras à espreita. O som das risadas dos corredores ressoou ao longe. Minha mãe, o sr. Bollinger e outra senhora passaram por nós. O jardineiro, Danuh, caminhou calado ao meu lado. Andamos pelo luar até a costa do lago. Tive um sentimento de decepção. Não encontrei a imensa superfície de água negra dos meus sonhos, mas uma piscina, quase uma poça, completamente circundada por montanhas bem íngremes, florestas fechadas. As copas das árvores, plumosas e lanosas, reluziam um pálido azul no luar. O lago parecia o fundo brilhante de um vaso em forma de cone truncado. Plantas aquáticas boiavam na superfície, especialmente ao longo da costa. As folhas e os cipós de algumas árvores trilhavam na água. Os milhares de zumbidos polifônicos de insetos e gritos de animais noturnos da floresta pareciam fazer parte do impressionante silêncio. Acima do cume das montanhas, as estrelas cintilavam uma luz fria. Olhei para a costa escura, do outro lado do lago, onde a folhagem atingia a superfície. Sem muita dificuldade, imaginei que os espíritos maus se escondiam ali, prontos para atacar. Quando Deppoh e Danuh andaram por algum tempo nas trevas, hesitante, preferi ficar na companhia da minha mãe e dos outros. Agora percebo porque o pai de Urug e o jardineiro foram lá. Houve um leve tchibum na água e, empurrada por dois homens, uma jangada com uma casa de bambu de dois andares se aproximou da costa. Na parte menos pantanosa da costa, subimos na jangada, com o chão feito de tábuas finas, hastes de bambus ocas e desgastadas. Enquanto as mulheres iam se sentar no velho banco de palha e os homens iam na casa vestir as roupas de banho, a jangada foi lentamente para o meio do lago. Danuh foi para a frente e para trás, manuseando-a. Deppoh, em voz baixa, dava instruções e, de tempos em tempos, sondava em busca de um lugar decente para nadar. Meu pai e seus convidados riam barulhentos na casa de bambu. Fiquei sentado no banco junto com as mulheres e mirei a costa, onde cada movimento, cada ruído, das folhas ao luar iluminado parecia ser de natureza sobrenatural. Nadar ali me parecia algo perigoso e sem sentido — Satih não dissera que o lago tinha milhares de metros de profundidade e era cheio de jiboias? Círculos se formavam na superfície sem nenhum motivo, o luar brilhava nas efusivas ondulações. Algo se movia nas profundezas? Gritei de medo quando uma coisa branca surgiu perto da jangada, e só fiquei parcialmente calmo com a alegria dos outros, quando viram que parecia ser o sr. Bollinger, que havia entrado na água silenciosamente, a fim de nos assustar. Os corpos dos homens brilhavam ao luar. Mergulhavam um atrás do outro e emergiam resfolegando e expirando. A cadeia de montanhas de repente se encheu de ruídos de vozes ecoando e águas batendo. Eu não entendia como eles podiam ficar tão despreocupados. Danuh manobrou a jangada de modo que flutuasse praticamente no mesmo lugar. Deppoh se agachou na sombra da casa de bambu — eu via apenas a ponta do seu cigarro acesa, reluzindo no escuro. Sua tranquilidade me acalmou um pouco. Fui me sentar ao seu lado. "É verdade que

Nènèh Kombèl come crianças?", perguntei sussurrando. "Ah", respondeu Deppoh com um toque de impaciência. Ele não foi além, mas se curvou para a frente e gritou um aviso aos homens no lago. "Plantas aquáticas", falou para mim, querendo me explicar. "É bom nadar só em volta da jangada. As plantas aquáticas se grudam às pessoas e as mantêm presas, até afogá-las. Conheço bem Telaga Hideung." Olhei fascinado para a água e quis que meu pai aparecesse ali, na segurança da jangada. Não precisei esperar muito. A chegada do frio da noite fez os nadadores saírem da água. Eles ficaram resfolegando na escada da jangada, enquanto se enxugavam nas toalhas. Depois, num louco deleite, começaram a brincar de pula-sela e a correr uns atrás dos outros ao redor do assento das mulheres. O chão de tábuas cedeu, a jangada inteira balançou e ribombou. Deppoh gritou "Cuidado! O bambu é velho!", mas ninguém o ouviu. Queriam jogar o sr. Bollinger na água, mas ele correu para o pavilhão e subiu no telhado plano. Meu pai e dois convidados o seguiram. As mulheres deram gritos de encorajamento. A caçada me deslumbrou, dei a volta na casa e fui para a outra ponta da jangada, para ver como o sr. Bollinger escaparia. Só me lembro disso. Aí houve o barulho do bambu se desfazendo, a barafunda de gritos, e eu caí no absoluto gelo das trevas.

Quando acordei, já estava na minha cama. Pela névoa branca do mosquiteiro, vi uma pequena luz acesa. Meu pai estava ao pé da cama, olhando para mim. Eu não sabia o que tinha acontecido. Primeiro achei que havia sonhado com o luar e o lago, mas meu cabelo estava úmido e a boca tinha um gosto de lama úmida. Eu me mexi e gritei. Meu pai abriu o mosquiteiro e a babu surgiu atrás dele, com um copo de vapor úmido na mão. Bebi, apoiando-me no meu pai. Em seguida, dormi de novo. Apenas uns dias depois soube o que havia acontecido. A jangada sobrecarregada não aguentou que subissem na casa de bambu. As tábuas velhas e apodrecidas não conseguiram suportar o peso de homens brincalhões — um lado ficou mais pesado, foi a parte que fez a jangada quebrar, inclinar-se e desaparecer na água. Embora aterrorizados e machucados de farpas de bambu e estilhaços de madeira, logo todos emergiram. Apenas eu desapareci. Deppoh mergulhou para me achar entre destroços flutuantes de madeira trançada. Meu pai me encontrou não muito tempo depois, meio engasgado, no emaranhado de uma parede de bambu da casa. Voltamos para a costa nesse pedaço remanescente da jangada.

"E... Deppoh?", perguntei, enquanto meu coração batia com um pressentimento horrível.

"Deppoh ficou preso nas plantas aquáticas", meu pai falou lento e calmo, como se esperasse que eu não ouvisse. "Deppoh morreu."

Não poderia ter me acontecido um desastre maior que esse. O mais impressionante foi perceber que Deppoh faleceu enquanto me procurava. Eu não conseguia parar de pensar nas plantas aquáticas, das quais ele me falara naquela noite. Durante todas as horas do dia e da noite fui atormentado pela terrível visão do seu corpo entre caules pegajosos e resistentes. Diversas vezes acordei gritando. Fiquei febrilmente cônscio das figuras ao meu lado: minha mãe, o sr. Bollinger — com um curativo na cabeça — e meu pai. Por fim, Urug também veio me ver, mas quase não nos falamos. Urug ficou incomumente quieto e acanhado na presença dos adultos, intimidado com minha enfermidade e a atmosfera de escuridão do quarto. O pensamento de que eu havia sido a causa da morte do seu pai me atormentava. Nós nos olhamos em silêncio. Minha mãe explicou: "O Urug veio dizer adeus. Vai se mudar de casa", e fiquei sabendo o que acontecera. A casa de pedra perto do rio precisava de um novo mandur; Sidris e as crianças iam morar com uma família numa das desas no alto da montanha.

Nunca soube o que, afinal, fez a diferença: a tristeza do desespero pela perspectiva de ser separado de Urug, o senso de responsabilidade dos meus pais tomarem conta do filho de Deppoh, ou talvez o cuidado maternal e a ambição de Sidris, a gentil. Um dia, pela primeira vez desde que eu era bebê, ela veio à nossa casa, impecavelmente vestida, com uma flor cheirosa no coque e a testa coberta com um pó branco. Ficou um bom tempo com minha mãe; escutei suas vozes no quarto, que era ao lado do meu, mas não entendi palavra alguma. O que quer que estivessem discutindo, teria consequências impassíveis. Urug iria morar com nosso criado, que era primo em segundo grau de Deppoh, e frequentaria uma escola indo-holandesa em Sukabumi.

Quando revejo nossa época no primário, os dias daqueles anos parecem confluir para uma única imagem, provavelmente porque as mesmas impressões são imutáveis, sucedem-se com regularidade. Logo no começo da manhã, todo dia, um carro nos levava até a pequena estação, que ficava a meia hora da fábrica. A relva e as folhagens brilhavam no orvalho escuro, o sol mal se levantava e a névoa matinal pairava sobre tudo. Os nativos levavam frutas e outras mercadorias à estação; ficavam curvados com o peso dos *pikolans*,[16] moviam-se pelo caminho num trotar rítmico e lento. Um camponês levava búfalos à *sawa* e era ajudado por alguns meninos, que davam gritos agudos para manterem os animais na beira da relva. Urug conhecia alguns deles e, pendurado na janela do carro, berrava cumprimentos. Do lado oposto ao grupo, simultâneos, vinham os colhedores de chá e os trabalhadores da fábrica. As mulheres olhavam para nós, riam debaixo das dobras dos *slendangs*, que usavam para cobrir a cabeça. Crianças pequenas, cachorros e galinhas andavam na linha das casas das *desas*, escondidos das sombras das árvores. A estação sempre ficava cheia. Havia pilhas de cestas, havia várias pessoas à espera do primeiro trem, havia um *warung*[17] onde se podia fazer a refeição matinal. Urug e eu com frequência sucumbíamos ao encanto de uma porção de *rudjak*, uma fruta verde com molho quente, que sorvíamos apressados numa folha dobrada. Então o trem chegava: uma pequena locomotiva de montanha com seu cortejo de vagões sem janelas. Havia longos bancos de madeira nos vagões. Embora Urug e eu pudéssemos viajar de segunda classe, preferíamos os vagões cheios, onde sempre nos ofereciam um fruto ou um pu-

---

16 Um tipo de balança de madeira usada nos ombros, a fim de carregar mantimentos.
17 Espécie de quiosque, geralmente familiar, típico indonésio.

nhado de castanhas, e onde sempre víamos ou ouvíamos algo. Conheço cada pedra daquele trajeto pelas montanhas de Preanger, cada poste telegráfico, cada ponte. Mesmo de olhos fechados eu conseguiria desenhar a paisagem de ambos os lados da janela: os declives de terraços com arrozais, as matas fechadas, as colinas em formato de cones, que iam além dos cumes azuis da montanha, as ceifas nos campos, as casas das *desas* entre os bambuzais; de tempos em tempos, a estação se enchia de gente, e os mercadores ficavam à espera das suas mercadorias. Quando chegávamos a Sukabumi, o sol já estava forte e dividia o mundo em luz quente e sombra fria. Andávamos um pouco pela cidade — pois, para nós, Sukabumi era uma cidade — e então cada um seguia seu próprio caminho: Urug ia para a sua escola e eu ia para a minha. Havia pouca diferença nas matérias que estudávamos, só que Urug tinha uma aula extra de holandês. O número de horas que passávamos nas salas de aula provavelmente era o mesmo. Tanto para ele quanto para mim, eram intermináveis os zumbidos de vozes infantis que recitavam a lição em coro, acompanhados de sons de pés se arrastando, lápis e canetas arranhando, enquanto lá fora as árvores farfalhavam ao vento e o ar quente batia acima do asfalto da estrada. Nós nos encontrávamos de novo há uma hora, no mesmo lugar. Eu começava a correr assim que via Urug me esperando na sombra de uma árvore, de pés descalços, mas, na minha opinião, bem vestido, numa calça de veludo com cinto de escoteiro e um *topi*[18] preto de meninos mulçumanos na cabeça. Com frequência gastávamos alguns centavos com pirulitos maravilhosamente coloridos, congelados em finas varetas, a fim de chupá-los, ou comíamos no trem uma iguaria bem pegajosa, um pudim de coco. Essa hora do dia era especialmente quente, até para a altitude de Kebon Jati. A primeira coisa que fazíamos quando chegávamos em casa era nos refrescar; eu ia ao banheiro e Urug ia ao poço atrás das dependências. Embora ainda nos ocupássemos com nossas velhas brincadeiras no jardim e no rio, aos poucos começamos a nos interessar por outras coisas. Colecionávamos selos, caixas de charutos, fotos de carros e aviões. Urug era fascinando especialmente por essa última categoria. Imitava de maneira bem realista o som estridente do pouso da máquina voadora. Corria em círculos de braços bem abertos, pulava, abaixava, rastejava, e, por fim, emitia uma série de sons, que eram para ser de catástrofe, e caía no chão. Eu nunca conseguia fazer nada disso. Algum tipo de acanhamento, talvez vergonha ou

---

18 "Chapéu" ou "quepe", em indonésio.

inabilidade de me soltar totalmente na brincadeira, me impedia de me expressar da maneira com Urug fazia, com gritos e gestos. Nessa época, descobri o prazer da leitura — ocupação da qual Urug gostava moderadamente, em geral quando havia ilustrações no livro. Ele se destacava em desenho. Demonstrava um grande apreço pelas figuras simétricas dos livros escolares: círculos e triângulos, desenhados artisticamente e pintados com tintas claras. Pois eu, que nem dava bola para o impacto da presença de Urug, ainda não tinha me dado conta da estranha posição que ele ocupava na nossa casa, algo entre membro da família e subordinado. Ele comia e dormia no quarto dos empregados, mas passava grande parte do dia comigo. Minha mãe deixava tudo seguir seu curso tranquilamente — apenas muito tempo depois percebi que a amizade entre Urug e eu era um alívio para ela. Ela estava menos introvertida que antes; tinha comprado um cavalo, no qual, em companhia do sr. Bollinger, sempre cavalgava pelos jardins de chá. Meu pai era ocupado e sempre viajava. Nos dias livres, Urug ia visitar Sidris. Em geral, eu o acompanhava. Agora Sidris morava com os filhos numa pequena casa na *desa*, que me parecia incrivelmente descuidada e suja em comparação com a antiga casa perto do rio. O avô de Urug tinha morrido e as cadeiras de balanço também se foram. Apenas a cortina de contas japonesa lembrava a glória de antes. As crianças, usando roupas imundas e esfarrapadas, amontoavam-se ao redor de Urug e de mim quando íamos lá, cheias de respeito e admiração, mas tímidas demais para fazerem perguntas. Nessas ocasiões, Urug não precisava de encorajamento. Cercado pela família e por conhecidos interessados, ele contava do trem, de Sukabumi, das lições na escola. Sidris, cujo rosto e postura, sem dúvida, evidenciavam vestígios de decadência, ouvia o filho com prazer. Às vezes o interrompia dando pequenas exclamações ou fazendo um som com a língua que expressava, de inúmeras maneiras, os mais diversos sentimentos. Satih, a prima de Urug que ficara com Sidris, tinha o costume de aproveitar esses momentos para pôr as crianças menores entre suas pernas e catar piolhos. Satih era uma menina bonita de uns dezesseis anos, quase gordinha demais no *kabaai*[19] desgastado. Nunca tive a sensação de ser um estrangeiro em meio a essas pessoas, muito pelo contrário. Mesmo naquela decadente casa da *desa*, num pedaço de terra lamacento, eu me sentia mais à vontade que nos quartos escuros e vazios da nossa casa. Depois de cada visita, assim que eu voltava com

---

19 Traje típico indonésio. Espécie de jaqueta aberta e sem botão.

Urug pela estrada de pedra, a caminho da fábrica, era como se tivesse me despedido da minha própria família. Nunca me ocorreu duvidar da total igualdade de direitos em relação a mim e Urug. Embora tivesse uma vaga noção — talvez meio boba — da diferença de raça e classe entre o criado, a *babu*, e Danuh, o jardineiro, a existência de Urug era tão entrelaçada à minha que eu não percebia essa distinção no que diz respeito a ele. Então fiquei bem espantado quando notei pela primeira vez que o relacionamento que Urug tinha comigo e com meus pais era motivo de zombaria e escárnio por parte dos nossos criados. No começo, isso se expressava em pequenas coisas: chamá-lo provocativamente de "senhor" Urug, rir entre eles, trocar uma palavra ou gesto, mas pouco a pouco suas críticas se transformaram, mais ou menos abertamente, numa sabotagem para realizar o trabalho que deveriam fazer. Eu sabia que meu pai estava pagando pela escola de Urug e achei natural, visto a morte de Deppoh. O que Urug achava disso era um mistério. Ele era sempre o mesmo, ia e saía da nossa casa, assim como das dependências, sem uma pitada de acanhamento. Não consigo imaginar como minha infância teria sido solitária se Urug não estivesse presente. Nesse caso, talvez eu tivesse sentido muito mais o afastamento dos meus pais. Pois minha mãe, desde que eu era bebê, me deixava exclusivamente aos cuidados da *babu*, e eu passava tanto tempo com Sidris, seus familiares, e Urug, que para mim ela era praticamente uma desconhecida. Depois das aventuras da noite em Telaga Hideung, seu período de solidão e dores de cabeça seguiu-se ao de uma inquietação e atividades quase febris. Ela cavalgava, fazia caminhadas e ia às compras em Sukabumi. A velha *djaït*[20] passava dias a fio com a agulha na máquina de costura, dançando-a para lá e para cá nos novos tecidos, enquanto minha mãe vagueava nervosa pela casa, e apenas de tempos em tempos sentava-se numa cadeira para abrir a correspondência ou jogar paciência. Algumas vezes recebíamos convidados, mas normalmente era o sr. Bollinger quem fazia companhia a minha mãe, na hora do chá, à tarde, à noite, nas tranquilas caminhadas pela área da fábrica. Aos poucos notei a frieza crescente entre meus pais, cuja relação já não era muito próxima. Às vezes, à noite, eu me deitava na cama ouvindo as portas baterem e o som de vozes enfurecidas. Um dia encontrei minha mãe chorando no jardim, para onde tinha ido com o pretexto de alimentar os pombos. Pouco depois, o sr.

---

20 Corruptela holandesa usada apenas no período da colonização para a palavra indonésia *jahit*, que significa "costureira".

Bollinger partiu para a Europa. Apenas muito tempo depois suspeitei que havia uma ligação entre esses dois acontecimentos; na época, eram detalhes confusos e de pequena importância para mim.

Quando meu pai finalmente anunciou que minha mãe iria sair de viagem por um tempo indefinido, achei esse fato incompreensível, apenas uma daquelas coisas com que uma criança, aparentemente, tem de se conformar, mas Urug pareceu ficar secretamente alegre quando contei tudo, e fez um comentário que não entendi. Depois ficou claro que os criados estavam de olho nisso e que, por causa deles, Urug já sabia o que estava acontecendo em casa. Ele nunca falou nada para mim, nem mais para a frente, quando éramos mais velhos e esses tópicos foram discutidos mais de uma vez. A única coisa que eu notava na época era uma ponta de zombaria e menosprezo no seu rosto quando o nome da minha mãe era citado.

A partida dela se destacou por uma agitação nervosa. O corredor interno ficou cheio de malas e caixas, nas quais boa parte do nosso mobiliário e roupas estava guardada. Naqueles dias, meu pai sumiu. Por fim, certa manhã, o carro foi embora, seguido por um caminhão da fábrica, onde as malas foram guardadas. As lágrimas e os abraços da minha mãe, que nunca foi muito de demonstrar afeição, me deixaram tão desconcertado que chorei desesperadamente quando o carro partiu. Por causa disso, a escola acabou me dando um dia de folga. Urug foi a Sukabumi, como sempre. Andei pela casa vazia, que, destituída de várias fotos, vasos e roupas, dava a impressão de ser ainda mais fria que antes. No corredor interno, as cadeiras tinham sido dispostas de lado, a fim de dar lugar ao amontoado de caixas. Palha e aparas de madeira estavam espalhadas no chão. Enquanto fiquei ali, meu pai, que na época da partida se refugiou na fábrica, voltou para casa. Ele sentou-se numa das cadeiras, suspirou, e enxugou o suor do rosto e do pescoço. Pela primeira vez na vida, eu o vi fazer algo diferente do que apenas ser patrão, o juiz rigoroso, o senhor absoluto da minha existência juvenil. Notei que seus cabelos do topo da cabeça estavam mais ralos, e que ele estava mais preocupado e cansado. Fui falar com ele.

"Ah", disse meu pai suavemente, "você está aí? Que mudança, né? Deixe que o garoto limpa essa bagunça." Ele deu uma palmadinha distraída no meu ombro. "Vá brincar, vá", continuou falando, e quando hesitei, ele acrescentou: "Eu ia levar você ao jardim hoje à tarde, mas tenho que ver uma pessoa na fábrica." "Quando o Urug vier, a gente vai pescar", respondi apressado, para acalmá-lo. Meu pai apenas franziu as sobrancelhas e suspirou de novo. "Tá", falou, enquanto se levantava e ia para o quarto. "Tá. Brinque com o Urug." Então começou uma nova fase na nossa vida. Nessa época eu estava no quarto ano do primário.

Para nós, um dos grandes acontecimentos desses anos foi a vinda de Gerard Stokman, o funcionário que substituiu o sr. Bollinger. Ele era excepcionalmente alto, um rapaz magro de rosto moreno, que parecia brilhar feito madeira esculpida. Ele apareceu na propriedade num traje cáqui e de bermuda. Enfiadas em meias de ginástica, suas pernas eram ossudas e peludas. Com exceção de algumas malas, na sua maioria as bagagens eram artigos de caça: armas, fuzis, facões com cabo de ferro, redes e varas de pesca, mochilas sujas e amarrotadas, uma tenda, e vários materiais para acampar embalados em sacos de lona, além de peles e animais empalhados distribuídos em diversas caixas, que vieram de caminhão. Nem preciso dizer que Urug e eu perdemos o fôlego quando vimos essa importante bagagem ser descarregada. Gerard Stokman morava num pequeno pavilhão, não muito longe da casa do administrador. Quando tudo já tinha sido colocado na casa, ele mandou os trabalhadores embora e começou a desempacotar. Pareceu achar nossa presença a coisa mais normal do mundo. Ele nos autorizou a armazenar e organizar suas coisas. Pediu nossa opinião sobre em qual parede deveria pendurar sua coleção de armamento de Dayak[21] que, com seus dentes afiados e pontas de metal, estimulou a imaginação de Urug. Com uma dessas azagaias em mãos, ele foi ao canto mais distante do pavilhão com inimigos imaginários, fingindo ser o caçador e a caça. Fiquei agachado entre animais empalhados com olhos de vidro e entranhas envernizadas de vermelho. Havia um macaco, uma pequena pantera, um esquilo voador, um jacaré, pássaros, lagartos, e uma caixa de vidro abarrotada de cobras. Havia potes de geleia fechados e cheios de um líquido amarelo no qual flutuavam pedaços indefinidos de animais, peles, e coisas desse tipo. O dono de todas essas preciosidades subiu numa cadeira e pregou a pele de um tamanduá na parede. Ele respondeu incansavelmente a todas as nossas perguntas e contou sua história. Era o filho de um oficial de Bandung, que perdera o coração para Java, para a caça e para a vivência exterior. Tinha se desentendido com os pais, pois eles não concordavam com sua escolha profissional. Parecia ter encarado isso de maneira bem filosófica.

---

21 Etnia de Bonéu, uma das ilhas que compõe a Indonésia.

"Se foi ou não o melhor", ele falou, "só o tempo dirá. Preciso de espaço ao meu redor. Não sou homem de escritório ou caserna, e não quero ir para a Holanda. Fui lá algumas vezes, quando meu pai tirou férias, e achei que bastava. Este lugar é maravilhoso. Vocês sabiam que aqui está cheio de javalis selvagens? No sábado vou às montanhas, se tiver oportunidade." Havia muitas oportunidades. Não passava uma semana sem que víssemos Gerard (como logo começamos a chamá-lo) armado com rifle e facão, acompanhado de um servente com uma tenda e mantimentos, indo por um caminho que passava pelos jardins de chá e ia até a floresta da montanha. Urug e eu vivíamos intensamente nessas expedições. Em geral, passávamos as tardes no pavilhão de Gerard, ouvindo suas histórias, enquanto ele, fumando um cachimbo, polia e cuidava dos rifles ou organizava os troféus de caça. Certa vez, ele enterrou a cabeça de um javali no jardim, um trabalho de limpeza para as formigas. Urug e eu nos lançamos a conjecturas quanto à duração desse processo e, depois de algumas semanas, quisemos desenterrar a cabeça e ver como ficou. Gerard nos aconselhou fortemente a esperarmos mais um mês e, de fato, passado esse tempo, o crânio estava quase à mostra (mas cheirando bem mal), emergindo da terra. Em seguida, ele o limpou e cobriu de verniz incolor. Depois o deu de presente para mim e Urug.

Era nossa posse mais preciosa, que colocávamos de maneira alternada ao lado da cama, e que, de tempos em tempos, levávamos à escola, para impressionar os colegas de sala. Mas o que era aquilo comparado à glória que nos acometia quando Gerard nos propunha que o acompanhássemos nas excursões semanais? Com facões no cinto e cobertores enrolados nas costas, seguíamos nosso líder e escalávamos ao longo de caminhos íngremes e pedregosos na floresta. As maravilhosas copas das árvores, bem acima da nossa cabeça, eram entrelaçadas feito um telhado verde, e deixavam passar relativamente pouca luz, então era como se nos movêssemos no crepúsculo de um aquário. Havia um forte cheiro de umidade na folhagem da vegetação, que apodrecia lentamente no chão escuro. A água limpa e gelada sussurrava entre os arbustos, corredeiras do tamanho de uma mão, como riachos num leito cheio de pedras cinza, arredondadas pela água. Sempre se ouvia uma cachoeira em algum lugar e o ar parecia saturado de gotas. O silêncio sob essa imensa abóbada verde tinha algo de ameaçador e fazia com que, no começo, Urug e eu não nos aventurássemos a falar alto. Havia muito o que temer ao redor das assombrosas profundezas das ravinas cerradas e nos galhos retorcidos e queimados por raios, mas o físico magro de Gerard à nossa frente nos proporcionava uma segurança ilimitada. Na depressão entre dois cumes de montanhas, ele tinha descoberto uma cabana antiga e a promoveu a casa de caça. A aparência fantástica foi dada graças aos reparos feitos por Gerard. Tampas de latas de biscoitos, pedaços de madeiras nas mais variadas cores e formas, trançados primitivos e raízes cortadas da floresta foram usados para vedar buracos no teto e nas paredes. Pedras empilhadas foram cuidadosamente encostadas num muro que ameaçava ceder. No interior da cabana havia duas beliches feitas sob medida, que Gerard chamava de "gaiola de coelhos", uma mesa bamba e alguns tocos de troncos de árvores, que serviam de assento. Uma fileira de pregos na parte mais firme do muro ocupava a função de prateleira. Guardávamos ali nossas canecas, roupas e armas. Embaixo de uma das camas, Gerard punha um pouco de carvão e um braseiro, que instalava no terreno enegrecido sob o telhado na frente da cabana. Nossos equipamentos de cozinha consistiam em uma panela e um pote de margarina. O servente que sempre acompanhava Gerard, chamado Ali, ia buscar madeira seca enquanto Urug e eu apanhávamos água no riacho atrás da cabana. Com a ajuda de uma cachoeira artificial e um pedaço de bambu oco, Gerard fabricou um caminho que era de grande benefício para todos os tipos de atividades domésticas comuns. O cheiro amargo de madeira queimada, para mim, é uma ligação imutável com a lembrança dessas refeições na cabana: Gerard, sentado num tronco de árvore, mexia o conteúdo de uma lata de carne no arroz; Ali, agachado, com os braços apoiados nos joelhos bem abertos; Urug e eu quase não éramos capazes de ficar sentados de tanto entusiasmo e fome; e à nossa frente, passando o declive liso e pedregoso da depressão entre os cumes das montanhas, sobre as copas das árvores da floresta lá embaixo, surgia a colina da montanha em todas os tons de azul, cinza e verde, com sombras nitidamente traçadas nas gargantas e ravinas, e mais embaixo ainda, ao redor, na direção do horizonte, desaparecendo na névoa de calor, aparecia a planície, onde as movimentadas nuvens faziam sombras. À tarde, Gerard inspecionava os postos que tinha construído entre o matagal e as árvores, para observar os animais. Ele nos mostrou uma plataforma de bambu entre dois ramos de uma árvore. "Ali é onde vamos passar a noite, esperando os javalis. Como estaremos acima do solo, eles não vão sentir nosso cheiro." Chegando a noite, caiu um frio amargo. Gerard, que sempre pensava em tudo, tirou da bagagem blusas de lã, nas quais Urug e eu praticamente desaparecemos. Surgiram névoas em todos os cantos da ravina e parecia que elas iriam nos isolar da planície. Não estávamos acostumados com esse frio que ia até a espinha e batemos os dentes, mas Gerard nos manteve ocupados e, junto com Ali, nos enviou à floresta, para fazer um novo estoque de madeira.

Depois do cair da escuridão, sentamos por um longo tempo em volta do fogo, que Gerard tinha acendido na frente da cabana, e conversamos em sundanês, que, devido à presença de Urug e Ali, era o mais lógico.

Naquelas ocasiões, parecia que o servente, outrora calado, tão discreto quando fazia parte do ambiente, era um contador de histórias nato. "Escute só", disse certa vez Gerard, com o orgulho de um empresário, "ele conhece dezenas de histórias." Ali cooperou. Agachou-se um pouco mais perto do fogo e tirou o cobertor dos ombros. Seus gestos eram bem solenes, como se estivesse conduzindo uma cerimônia. Falava com calma, sem nuances no volume da voz e na entonação, o que geralmente é indispensável para a compreensão de uma boa história. Mas nunca vi uma maneira tão fascinante de contar histórias como a de Ali. Sua voz tinha a mesma característica do silêncio noturno ao nosso redor, do tom da cachoeira na floresta, do vento na copa das árvores. Da nossa parte, sem o menor esforço, conseguíamos nos imaginar nesse sombrio mundo de fábulas de animais e mitos de semideuses e seres sobrenaturais. Urug conhecia algumas histórias e, do nada, interrompia para acrescentar algum nome ou fato, antes que aquilo fosse falado. Mas o servente não gostou. Depois de uma interrupção, ele se calou por um momento e cuspiu no fogo. Um silêncio de espera da nossa parte, quando cutuquei disfarçadamente Urug, querendo dizer que calasse a boca para que o narrador terminasse.

Íamos dormir cedo, descansávamos da melhor maneira possível naquelas tábuas duras do beliche, que acomodava quatro pessoas. Enrolados no cobertor, ouvíamos os sons noturnos lá fora; o gotejar da *pancoran*[22] atrás da cabana e o farfalhar do vento na floresta nos dava um pouco de sono, que parecia durar apenas alguns segundos, quando Gerard vinha nos chamar dizendo que era hora de acordar. Em geral, isso acontecia às três ou quatro da manhã. Urug e eu ficávamos prontos num instante, e animados demais para nos sentirmos cansados. À luz da lanterna de bolso de Gerard, nossas sombras balançavam selvagens e assustadoras ao longo das paredes da cabana. Recebíamos instruções para andarmos calmamente e ficarmos de boca fechada quando entrássemos de vez na floresta. Então prosseguíamos. Gerard na frente, Ali agitando a procissão. Na escuridão ominosa da floresta, no começo,

---

22 "Fonte", em indonésio.

Urug e eu nos esquecíamos dos diversos planos que tínhamos feito para essas excursões. Não pensávamos da maneira como nos era proposto, com o facão na mão, nos esgueirando pela floresta, prontos para atacar panteras e javalis selvagens. Uma pitada de arrogância, que passava assim que nos sentávamos sãos e salvos na plataforma entre os galhos de árvores. A floresta parecia cheia de um farfalhar contínuo, mas Ali, que tinha a custódia da lanterna, nos pedia paciência. Às vezes, ele jogava a luz na escuridão, então víamos um ou dois, em certas ocasiões até um rebanho inteiro de javalis selvagens, aparecendo num lugar aberto entre as árvores. O eco dos tiros ressoava ao redor, em todo lugar havia ruídos e correria embaralhada de animais em fuga, adentrando a mata.

    Nessa época — e por um longo depois disso —, Gerard era nosso líder, nossa enciclopédia, a autoridade infalível, que resolvia todos os problemas que tivéssemos. Ele era tido como excêntrico pelos outros empregados, pois não bebia nem jogava bridge, e se sentia pouco à vontade em frequentar semanalmente o clube de Sukabumi. Era uma daquelas pessoas que se davam bem na completa solidão. Nunca o encontrávamos sem fazer nada, quando íamos lá à noite. Ele nos considerava e nos tratava como convidados, com os quais não havia nenhum segredo. Falávamos alternadamente em holandês e sundanês. Urug entendia holandês e até conseguia lê-lo, mas ficava um pouco tímido em se expressar nessa língua. Quando insistíamos, ele fazia uma careta amarelada e murmurava uma recusa, mas nenhuma palavra de holandês lhe escapava da conversa que Gerard e eu mantínhamos.

Com meu pai, eu tinha ainda menos contato do que antes. Ele trabalhava muito na fábrica e só voltava para casa bem no fim da tarde. Em geral, eu o via sozinho à mesa. Ele comia apressado, normalmente não falava nada. Seus pensamentos estavam em outro lugar: no trabalho, em coisas das quais eu não fazia a menor ideia. Eu não sabia nada dele, a não ser as coisas aparentes. Ele tinha emagrecido e estava com o rosto um tanto bege. Estava mais calvo perto da testa e perdera mais cabelo na parte de cima. Surgiram duas rugas, que iam das narinas, passando pelo canto da boca, até chegarem ao queixo; esses sulcos que o deixavam mais severo, mas ao mesmo tempo com aparência lamentável. Eu sabia que ele era conhecido na propriedade como um "caçador de obrigações", um homem excessivamente rigoroso, que a qualquer erro ou omissão — cometido por ele mesmo ou pelos seus subordinados — não demonstrava nenhuma clemência. O esporádico humor de alegria quase juvenil, de risos e brincadeiras com os empregados ou convidados, pertencia de vez ao passado. Ele não recebia mais convidados e, desde o que acontecera com o sr. Bollinger, parecia se manter distante dos empregados. Depois do jantar, geralmente, meu pai ficava na varanda interna, consternado com tudo que não fosse necessário ou útil; dava a impressão de ser tão impessoal quanto um quarto de hotel. Fumava ou lia um livro de detetive ou de faroeste, com capas vivamente coloridas ou com marcas de dedos, deixados como herança pelo antigo administrador, a fim de serem lidos em noites solitárias. Às vezes, ele ligava o gramofone — e mesmo na época eu sentia, embora de maneira um pouco inconsciente, que não havia nada mais triste no mundo que escutar música de marchas ou valsas de operetas no frio de uma casa que não era uma casa.

    Quando Urug e eu não estávamos com Gerard no pavilhão, sentávamos à mesa da varanda dos fundos, com nossos livros de matemática e gramáticas. Acontecia de meu pai aparecer, pegar nossos cadernos, dar uma olhada, fazer perguntas do nosso progresso. A cada trimestre, Urug e eu trazíamos os boletins para casa, ele os estudava com atenção antes de assiná-los, mas nunca tiramos uma nota baixa, então ele não tinha motivo para fazer comentários. A letra de Urug era maravilhosamente boa, idêntica à letra dos livros didáticos, sem nenhum erro de tamanho e proporção. Como resultado, uma vez, meu pai perguntou a Urug se ele já havia pensado no seu futuro. "Você poderia ser funcionário num escritório", acrescentou pensativo, enquanto folheava o caderno. Urug sorriu e olhou para baixo, semicerrando os olhos, o que sempre fazia quando precisava dar uma resposta. "O Urug e eu queremos ser condutores de trem ou pilotos de avião", falei apressado. "Mas preferimos ser exploradores. Até já combinamos." Meu pai depositou o caderno na mesa e levantou os ombros de maneira quase imperceptível. Provavelmente essa não era a primeira vez que percebeu que, conosco, não dava para falar como adultos. Sua maneira de lidar com crianças era completamente estranha. Então vivíamos juntos, mas separados, como se falássemos línguas diferentes.

No entanto, sei que meu pai se preocupava com o que dizia respeito à minha educação. Uns dias antes do meu aniversário de onze anos, ele foi ao meu quarto, justo quando eu estava a ponto de ir para a cama. Ele ficou ali me olhando, enquanto eu pendurava minhas roupas numa cadeira e escovava os dentes. Aquilo me fez lembrar de uma visita parecida da minha mãe, anos antes, quando ela me contou que eu ia à escola.

"Pode fazer uma lista de presentes", começou meu pai. Assenti. Tinha planos de pedir rifles para Urug e para mim, para levarmos nas caçadas, mas duvidei muito que meu pai visse a necessidade desse presente. "Daqui a uns meses vou sair de licença", continuou meu pai. "Quero viajar um pouco, ver um pouco do mundo, enquanto ainda posso. Você entende que não posso levá-lo comigo, não é? Pensei em mandá-lo à Holanda, para um internato, ou algo assim. No fim do curso, você pode fazer a prova de admissão e entrar no HBS.[23] E a vida aqui..." Ele fez um gesto apontando ao redor. "Você está perdendo muita coisa dessa maneira. Está virando um nativo, isso me incomoda." Eu me agarrei firme à pia. "Não quero ir para a Holanda", berrei. Todas aquelas histórias de Gerard passavam pela minha cabeça: chuva e frio, os quartos cheios, as ruas aborrecidas da cidade. "Quero ficar aqui", repeti, "e o Urug...". Meu pai me interrompeu com um gesto impaciente. "Urug, Urug", falou, "sempre o Urug. Você vai ter que se virar sem ele um dia. A amizade já durou muito tempo. Você nunca brinca com os amigos da escola? Peça para eles virem aqui no seu aniversário. Dá para pegá-los e trazê-los em casa de carro. Entendo que você seja apegado ao

---

23 *Hogere Burgerschool* (Escola Cívica Superior), espécie de colegial que existia na Holanda e nas Índias Holandesas. Foi extinto em 1974.

Urug", continuou explicando, enquanto me olhava. "Era inevitável. Eu tive que fazer algo pelo menino. Mas o Urug vai começar a trabalhar quando a escola acabar e você vai continuar estudando." "Além do mais...", hesitou um pouco antes de prosseguir, "você tem que entender, menino. Você é europeu". Mais tarde pensei a respeito, mas na hora, a importância deste fato, de que eu era europeu, não entrava na minha cabeça. Pressionado pela exigência do meu pai, convidei dois colegas de sala para passar o domingo posterior ao meu aniversário na propriedade. Eles não me deram rifles, ganhei um álbum de selos e uma caixa de pintura. Dei esta última, quase de imediato e em segredo, para Urug. Gerard me presenteou com a pele de um esquilo voador, totalmente tratada, para pendurar na parede. Além disso, ele decorou a varanda dos fundos com lampiões e bandeirinhas de papel, o que dava um tom de festa a um aniversário um tanto forçado. Os dois convidados, estranhos e com os quais eu tinha apenas um breve contato na escola, principalmente em competições de agilidade e fanfarronice mútua durante o recreio, olharam meu quarto, minhas coisas, e comeram a mesa de arroz comigo e com meu pai, preparada de maneira mais elaborada que o normal. Eu estava bravo e desapontado, pois Urug não tinha sido convidado para comer, especialmente porque eu já tinha falado disso para ele, então era natural que estivesse ali. Urug pareceu não se importar. Enquanto comíamos, eu o via no jardim, observando-nos. Depois da refeição, meu pai levou a mim e os convidados à fábrica e deu-lhes explicações detalhadas de como tudo funcionava.

Durante o resto da tarde, disseram-nos que fôssemos brincar no jardim. Urug se juntou a nós. Foi durante essas brincadeiras que tomei ciência, pela primeira vez, do fato de que Urug, aos olhos dos outros, era um "nativo" — e não um nativo como Harsono Kusuma Sudjana, que era da nossa sala e cujo pai era regente,[24] mas sim um menino da desa, o filho de um trabalhador da propriedade. A diferença era o claro tom de comando com o qual meus convidados se dirigiam a Urug, usando o autoritário "Ajo!",[25] no qual mandavam que se apressasse no que quer que brincássemos. Aquilo me fez ficar vermelho de vergonha, mas Urug praticamente não se importou. Apenas uma vez vi seu olhar de soslaio, como um olhar introspectivo, na verdade, e a contração quase imperceptível do rosto e da postura quando um dos colegas de sala, provavelmente mais por troça do que má intenção, o chamou por um termo sundanês feio e pejorativo.

---

24 Cargo do período da colonização, semelhante a governador.
25 "Vamos logo", em indonésio.

Depois do incidente, Urug foi se afastando aos poucos; contentou-se em passar o resto da tarde sentado na balaustrada da varanda dos fundos, só nos observando. Naquela noite, depois de deixar os convidados nas suas respectivas casas, não o encontrei em nenhum lugar. Era a primeira vez que não sabia onde ele estava ou o que tinha feito. Fui falar com Gerard, que estava sentado na varanda da frente do pavilhão com as pernas compridas em cima da mesa e fumando. Sentei-me numa cadeira. Passou um tempo sem que falássemos nenhuma palavra. Gerard tinha grande tato para o silêncio da expectativa, quando suspeitava que viriam confidências. Finalmente surgiu o problema que me atormentou o dia inteiro. "O Urug é menos que nós?", explodi. "Ele é diferente?" "Isso é bobagem", Gerard respondeu calmo, sem tirar o cachimbo da boca. "Quem te falou isso?" Sem dificuldade, eu trouxe à tona minhas impressões daquela tarde. "Uma pantera é diferente de um macaco", disse Gerard depois de uma pausa, "mas um é menos que o outro? É uma pergunta idiota, você não acha?, e tem razão. E também é idiota quando se trata de pessoas. Ser diferente — isso é normal. Todo mundo é diferente um do outro. Eu sou diferente de você. Mas ser mais ou menos por causa da cor do rosto ou por quem é seu pai — isso é absurdo. O Urug é seu amigo, não? Se ele pode ser seu amigo, como vai ser *menos* que você ou outra pessoa?".

Quando fui para casa, já no escuro, escutei a voz de Urug vinda de longe, do quarto dos empregados. O criado, o jardineiro e Urug estavam sentados no muro baixo do poço, e falavam entre si do galo que Danuh tinha comprado no dia anterior. Eu estava a ponto de ir lá, mas mudei de ideia. Peguei minha caixa de pintura nova na varanda dos fundos e a deixei no quarto ao lado da cozinha, onde Urug dormia. A tela do mosquiteiro estava pendurada num arame em cima do *bale-bale*.[26] Em cima de uma caixa virada, empilhados de maneira ordenada, estavam os cadernos e livros escolares de Urug. Na parede caiada havia recortes de aviões e carros de corrida. Eu sabia que ele tinha bastante orgulho do seu quarto vazio e arrumado, que nunca ficava inteiramente livre do cheiro penetrante de comida, e onde, sobretudo à noite, um frio úmido vinha do chão acimentado. Deixei a caixa de pintura no *bale-bale*, perto do meu pijama velho, que, assim como a maioria das minhas roupas usadas, acabava indo para Urug via *babu*.

Meu pai decidiu que, em todo caso, eu deveria ficar nas Índias Holandesas até fazer

---

26 Espécie de banco feito de bambu ou madeira, típico indonésio.

a prova de admissão. Já que seu substituto na administração da casa ia morar ali, teve de achar um lugar para mim em Sukabumi. Eu não sabia de nada disso. Meu pai me disse que era um fato consumado; um dia me levou de carro para Sukabumi e parou na frente da casa da pessoa que, dali em diante, eu chamaria de Lida. Lida era uma mulher de idade indefinida. Calculo que, nessa época da qual falo, ela devia ter entre trinta e quarenta anos. Era uma daquelas mulheres cuja aparência, desde adulta até idosa, nunca muda. Sua estatura era mediana, ela era bem magra, tinha os cabelos — que ela usava curtos e arrepiados, com uma franjinha na testa — de um tom loiro pálido, seus olhos eram cinza, e o rosto pouco marcante, irregular. Ela tinha vindo da Holanda há poucos anos, como enfermeira, com a intenção de montar uma casa de repouso no ar frio das montanhas de Sukabumi. A amiga e o colega que iam ajudá-la a executar o plano acabaram se casando quase dois meses depois da chegada aos trópicos. Desse modo, Lida ficou sem assistência e sem capital. Os grandes hotéis e pensões que surgiam feito cogumelos por toda Sukabumi tornaram a concorrência impossível. Do grande projeto, só ficou uma pequena casa com acomodação para algumas pessoas. Lida não pôde ser seletiva: acolhia não apenas os que precisavam descansar, mas também quem viajava de férias, hóspedes só por uns dias, até pessoas em busca de refeições apenas. Ela ficou conhecida por ser prestativa e cobrar barato — uma amena dona de pensão. O diretor da minha escola, que a conhecia bem, a recomendou como cuidadora temporária, enquanto meu pai estivesse de licença. A casa de Lida não tinha nada a ver com as Índias Holandesas. Parecia ser de Veluwe, nos vilarejos de Laren ou Blaricum, todos na Holanda. Tinha trepadeira na fachada e no telhado, uma estufa adjacente e um jardim cheio de rosas. Almofadas, tapetes, aquecedores de chá, tapeçarias feitas à mão enfeitavam o interior, que parecia ter sido pensado para uma lareira. Olhei com espanto as paredes de madeira, os quartos lotados, as cortinas e persianas nas janelas. Lida, que esperava nossa visita, serviu chá e começou a falar sem rodeios sobre a questão. Meu pai, aparentemente, já tinha feito um contato anterior com ela, e parecia ser um fato consumado que meu futuro era ficar com Lida. Soube que em breve eu me mudaria. O modo firme de Lida e aquela situação tão repentina me deixou tão surpreso que, no começo, não tive chance ou vontade de falar o que queria.

"Mas... e o Urug?", eu disse, por fim, quando deram uma pausa na conversa. "O que vai acontecer com o Urug se eu tiver que morar aqui?" Lida me mirou com olhos amigáveis, um tanto míopes. "Quem é Urug?", perguntou, e quando meu pai quis responder impaciente, ela disse apressada: "Não, não conte. Deixe que ele mesmo fale." Tropecei nas palavras. Temia que minha história fosse confusa, mas como podia explicar em poucas palavras quem e o que Urug era? Urug era meu amigo, praticamente o único ser vivo, desde que eu nascera, com o qual compartilhei cada fase da minha existência, cada pensamento, cada sensação. E não era só isso. Urug era mais. Urug significava — embora eu não conseguisse explicar isso em palavras — a vida à minha volta e em Kebon Jati, as escaladas, as brincadeiras no jardim e nas pedras do rio, as viagens de trem, a ida à escola — o abecedário da minha infância.

 Meu pai me explicou brevemente que Urug ficaria na propriedade. "Ele pode ir e vir da estação a pé, não é muito longe", declarou. "Ou arranjamos outra solução. Então você não precisa se preocupar com nada." Comecei a suspeitar, não sem razão, que meu pai pensou que, se eu fosse morar com Lida, seria um meio de diminuir minha ligação com Urug. Eu estava cheio de amargura e ressentimento com a injustiça dessas ações e, pelo restante da minha última semana na propriedade, fiz o máximo possível para evitar meu pai.

Eu matava aula com cada vez mais frequência; o diretor da escola, por fim, reclamou do fato e Lida achou que o culpado por isso — Urug — deveria ir morar com ela. Nessa época, Urug e eu tínhamos doze anos, uma idade em que qualquer sinal de contrariedade indelicada, de tendência persistente, levava a uma oposição impulsiva e muitas vezes secreta. Passávamos horas afastados da escola, no começo vagueávamos pelas ruas e compartilhávamos os acontecimentos da nossa nova vida, mas depois, quando já estávamos acostumados com a mudança de situação, passamos a andar com um grupo de meninos nativos mais velhos e que aprontavam travessuras nos *pasar*[27] e nas

---

[27] "Mercados", em indonésio.

lojas das vizinhanças. Urug, naquela época muito mais maduro do que eu, como só fui perceber depois, parecia ter ficado pouco ou nada chocado com a maneira pela qual nossos colegas de aventuras nos iniciavam em aspectos da vida com os quais, até aquele momento, nunca tínhamos tomado contato. Havia Jules, um mestiço de uns quinze anos, de rosto desfigurado por causa da varíola, filho de uma prostituta que era visitada pelos funcionários da propriedade. Eles moravam num pequeno pavilhão numa rua barulhenta e descuidada, um tipo de beco, na verdade, na periferia da *kampong*. Uma vez, Jules nos levou até lá para comer *ketan*, uma iguaria feita de arroz, coco ralado e açúcar mascavo. Sua mãe, que insistia que a chamássemos de Sonja, estava sentada num dos degraus da varanda dos fundos, usava um quimono rosa sujo e estava descalça. O pequeno quintal estava cheio de livros e garrafas quebradas. Jules nos mostrou sem a menor cerimônia seu quarto sujo, cheio de bugigangas baratas e flores de papel. Na sua conversa, ele era bem direto nos pormenores relativos à vida da sua mãe. Tentei não ficar transtornado, assim como Urug, mas consegui apenas em parte. Tive que extravasar de um jeito ou de outro essas novas experiências e acabei fazendo isso por meio de um comportamento indisciplinado na escola e um humor peculiar na casa de Lida.

Um sujeito ainda mais inoportuno que Jules era Adi, um ágil nativo que, com a segurança de um profissional, fazia pequenos furtos nas lojas da cidade. Foi através dele que, pela primeira vez na vida, entramos num cinema, um casebre cheio de bancos de madeira, onde exibiam filmes de caubóis e gângsteres, só que datados e mudos. A impressão que essa enfática sucessão de assaltos, assassinatos, perseguições nos causou foi enorme. Ficamos tão atraídos pelos filmes que usávamos todos os meios possíveis para não perder esse prazer.

Foi justo nessa época que Lida, embora sem saber o que realmente acontecia, decidiu interferir.

Lida era uma mulher que não evitava nada. Ela tinha um pouco o que Urug, anos depois, chamaria de "mentalidade de sabonete líquido" — sem imaginação, sem compreensão ou crença na existência de coisas das quais não tinha ideia, ela era dona de uma inocência inextirpável, que sempre lhe dava problemas. Era burguesa sem ser cabeça fechada, e se esforçava para ser boa, no sentido mais cristão, sem fanatismo. Ela julgava tudo e todos pelos padrões do seu próprio espírito imaculado, sem imaginação, prático. Todas essas características exerciam uma certa atração, pois ela não tinha nenhum preconceito e era extremamente honesta. Nem preciso dizer que ela tinha pouca sorte ao lidar com os nativos, em especial criados e fornecedores. Seu senso de lealdade e propensão a resolver conflitos e mal-entendidos por meio da lógica e paciência só despertavam estranhamento e desconfiança. Demonstrar poder para nutrir o prestígio era um conceito esquisito para ela. Até empregados benevolentes a roubavam e enganavam, tudo por causa da falta de compreensão mútua. Mesmo com a frequente mudança de funcionários, todos sabiam disso, exceto Lida. Desde o início, ela adorou Urug. Talvez a solidão tenha despertado seu instinto maternal ou talvez tenha sido a forte, embora inconsciente, atração pela exótico, que, sem dúvida, havia sido sua base para ir às Índias Holandesas, e cuja promessa não se cumpriu na sua nova condição de trabalho e de vida. Também era possível que o começo do desenvolvimento de Urug de um menino da *desa* para um menino alfabetizado a fizesse lembrar da sua própria juventude difícil, da forma como ela mesma teve que se livrar de um ambiente mesquinho e desenvolvido. Urug tinha uma musculatura harmônica e esbelta, ao contrário de mim, que era desajeitado e cujos membros ainda não tinham crescido. Parecia que eu ia ficar, como acabou sendo o caso, alto. A boa constituição de Urug, seus olhos grandes — nos quais as pupilas, como espelhos de tinta, flutuavam na esclera azul, e o contorno das pálpebras era igual aos olhos de um boneco *wayang*[28] —, sua boca larga, mas bem definida, e todo o seu jeito, uma mistura de relutância irônica e timidez, encantavam Lida. As visitas de Urug acabaram virando estadias e depois de alguns meses ele ficou de vez na pensão. De fato, vários motivos justificavam essa decisão. Nossos funcionários em Kebon Jati estavam sob a estrita disciplina da esposa do administrador substituto; ela considerava Urug apenas como um membro da família do criado, então o tirou do quarto ao lado da cozinha. Agora ele dormia com Danuh, atrás do velho estábulo. As roupas que ele usava, sobras das minhas, ficavam encardidas e malconservadas, e há muito seu cabelo não era cortado. Ele dava impressão de negligência. "Já que seu pai paga a escola do menino, também precisa cuidar mais dele", disse Lida, esclarecendo a decisão de manter Urug na sua casa. Foi disposta uma cama extra no meu quarto, além de outra cadeira e uma mesa. Na época, alguns hóspedes de Lida comiam no próprio quarto. Então Urug logo ficou outra vez no meu ambiente, dessa vez como companheiro de brincadeiras e de quarto.

---

[28] Fantoche típico indonésio.

Eu sabia que Lida se correspondia com meu pai, portanto suspeitava que a permanência e o futuro de Urug conosco devia ser discutido nas suas cartas. Aos poucos, uma coisa ou outra chegava até nós. Os informantes de Lida na HIS[29] lhe revelaram que Urug era um dos melhores alunos. Ele entendia tudo rápido, demonstrava uma dedicação e uma precisão que, apesar dos esporádicos ataques nervosos, não o debilitavam. O diretor da escola estava ciente da intenção do meu pai de dar a Urug, depois dos sete anos de colégio, um emprego de escrivão ou algum trabalho administrativo na propriedade. Mas ele achava que, para um garoto com a capacidade de Urug, havia coisas melhores a fazer, e aconselhou que fizesse a MULO,[30] AMS[31] ou algum tipo de segundo grau.

Lida ficou exultante com essa descoberta e a escreveu em detalhes, mas meu pai não gostou nada daquilo. Ele previu muitas despesas com pouco resultado prático, pois as oportunidades profissionais eram limitadas para Urug. Durante as tardes e as noites em que Lida remendava algo, enquanto fazíamos a lição de casa, ela tinha uma ideia

---

29 *Hollandsch-Inlandsche School*, "Escola Primária para Nativos". Além dessa, todas as escolas mencionadas a seguir são do período da colonização e não existem mais.
30 *Meer Uitgebreid Lager Onderwijs*, "Educação Primária Mais Avançada".
31 *Algemene Middelbare School*, "Escola Secundária Geral".

fixa na cabeça, mas não conseguia fazer nada. Ainda a vejo sentada, sempre empurrando os óculos para cima, pois precisava deles para costurar. Urug e eu, que gostávamos de verdade dela, costumávamos trocar sorrisos sobre a maneira indiferente com a qual ela se sentava na baixa cadeira de vime, de modo que as elásticas ligas rosas ficavam visíveis em torno da coxa. Em geral, ela usava vestidos disformes com mangas bufantes, feitas de tecido florido barato, que eram vendidos em quantidades ilimitadas nos *pasar*. Não tínhamos ideia do que passava pela cabeça de Lida enquanto cosia botões nas nossas camisetas e remendava nossas calças; não sabíamos que, naquelas horas silenciosas, um plano estava sendo arquitetado, cuja execução iria compensá-la pelo erro da casa de repouso. Ela decidira ajudar Urug a ir para a frente, dar-lhe a oportunidade de se desenvolver. A partir do momento em que pôs essa ideia na cabeça, começou a trabalhar sistematicamente para que isso acontecesse. Devido ao pouco conhecimento que Lida tinha de malaio e sundanês, sempre falávamos holandês na sua presença. Urug, em certa medida, tinha superado a timidez de antigamente, embora sempre preferisse ouvir a falar. Lida se ocupava dele, com a intenção de melhorar sua pronúncia. Não passava um dia sem que ela discursasse longamente sobre a importância da profissão de médico, sobre a grande necessidade de ter atendimento médico para a população dos trópicos. Disse fatos e números relacionados a epidemias, trouxe livros e panfletos para nós, mas sobretudo para Urug. Escavou todo o material que ela mesma tinha estudado, mostrou-nos ilustrações do interior do corpo humano, a estrutura dos órgãos, a localização dos vasos sanguíneos e músculos. No começo, olhávamos isso tudo mais por educação que fascinação. Fiquei surpreso que Urug tenha respondido "talvez" quando Lida perguntou-lhe diretamente se ele queria ser médico, e quase em seguida disse "sim, claro". Naquela noite, no nosso quarto, acusei Urug de trair nosso ideal de pilotar aviões. "Ah, e daí?", falou Urug, pronunciando o "d" como se fosse "t".[32] "Se é isso que ela quer..." "O que você acha da Lida?", perguntei. Foi a primeira vez que me dei conta de que tínhamos sentimentos afetivos pela nossa enfermeira. Urug me mirou com seu olhar obscuro, de soslaio, antes de responder. "Ela é boa", disse por fim. Em seguida, fez uma careta zombeteira, além de uma imitação realística de Lida negociando com um *klotong* (um vendedor ambulante chinês), o que acabou fazendo com que ambos rolássemos de rir e caíssemos da cama, até que o hóspede no quarto ao lado batesse

---

32 Há um jogo linguístico irreproduzível. Urug troca um fonema holandês pelo malaio.

na parede e Lida viesse nos pedir, assustada, que nos acalmássemos.

Minha prova de admissão coincidiu com o regresso do meu pai. Eu não o via há um ano. Ele estava bem mais gordo e bronzeado, o que combinava com sua roupa tipo Palm Beach, algo que, pela primeira vez, fazia com que parecesse um plantador tradicional. Fiquei espantado com sua ruidosa alegria e a generosidade em compartilhar presentes, mas o que mais me espantou foi o fato de que ele tinha trazido uma nova esposa, algo sobre o qual não havia escrito absolutamente nada nas cartas. Eles tinham se casado em Cingapura e ela estava hospedada na Batávia para fazer compras. Lida se absteve de fazer comentários, mas estava claro que ela era bastante crítica a respeito das ações do meu pai. Urug, sem mais nem menos, foi transferido de tutela, e decidiu-se que eu deveria passar o feriado prolongado na propriedade. Meu pai não falou mais em me mandar à Holanda, provavelmente por causa dos custos. Ao menos foi o que achei quando conheci minha madrasta, que detestava gastos desnecessários. Ela era uma moça prática, metódica, com um rosto bonito, mas pouco expressivo. Tive antipatia por ela desde o começo, por causa da maneira teimosa com que reorganizou Kebon Jati, além do comportamento arrogante e autoritário com relação aos funcionários e empregados. Ela tinha passado alguns anos em uma posição subordinada, como governanta e professora, e agora parecia decidida a recuperar o tempo perdido como esposa do administrador. De forma incontestável, ela era a chefe da casa. Meu pai ficava profundamente maravilhado com sua eficiência e era visivelmente atraído pela sua vigorosa saúde. Ao contrário da minha mãe, que acordava tarde e raramente trocava o robe por outra roupa, Eugenie sentava-se com meu pai à mesa, de manhã, totalmente pronta, enquanto as tarefas da casa estavam em andamento. Eu escapava o máximo possível da atmosfera dessa casa. Em geral ia com Urug a Sukabumi, mas às vezes nos encontrávamos em algum lugar do campo, explorávamos as redondezas ou passávamos o dia nadando nas piscinas da montanha. Lida acabou ficando encarregada de uma pensão na Batávia, para onde Urug e eu nos mudaríamos em setembro. Urug iria à MULO, e depois faria o curso na Universidade Médica Indo-Holandesa, em Surabaia. Lida havia planejado tudo. Também fizemos uma visita a Sidris, que tinha pouco a dizer ao filho. Ela o olhava com surpresa e orgulho estampados no rosto, e balançava a cabeça quase à força, tentando compreender a situação. Com o passar dos anos, sua casa tinha perdido cada traço do conforto do Ocidente. Alguns tapetes sujos serviam de assento na varanda primitiva, havia um monte de lixo no quintal, um cheiro forte de *trasi*[33] e peixe seco em todo lugar. Satih, definitivamente mais gorda, estava sentada na porta vestindo um *sarong* e um corpete apertado, e seu cabelo brilhante estava preso num nó. Ela nos disse que não tinha plano algum de ficar na *desa*. Queria ir para a "cidade", trabalhar como *babu*. Urug e eu nos agachamos entre Sidris e as crianças, e pela primeira vez na vida nos sentimos um pouco desconfortáveis. O ano passado em disciplina e estrutura na casa limpa de Lida nos evidenciou o que até aquele momento não permitíamos suspeitar nem no nosso íntimo: a sujeira e a pobreza da *desa*. Urug parecia um príncipe entre os irmãos e irmãs vestidos com trapos. Ficamos para comer a refeição: arroz e um tipo de biscoitinho seco feito de camarão moído. Urug se despediu da família. Depois fomos embora. Era a hora mais quente do dia, portanto andamos lentamente pela estrada salpicada de pedras. Nuvens grossas e espumosas, achatadas na parte inferior, como se estivessem num vidro, passavam pelo céu inclinado da tarde. O verde nas ladeiras das montanhas cintilava de luz. O calor indolente ao redor fazia

---

[33] "Pasta de camarão", em javanês. Em indonésio, é mais conhecido por *terasi*.

tudo ficar em silêncio durante as horas mais quentes do país, como se tudo estivesse em suspenso. Apenas muito ao longe se ouvia o latido de um cachorro e o maçante ruído das sinetas dos búfalos. Não havia nenhuma pessoa na estrada ou nas *sawas*, e também não vimos, nem nos arbustos de chá dos jardins mais altos da montanha, entre o verde, os lenços coloridos nas cabeças dos colhedores. Ao longo dos arbustos da berma, brilhavam centenas de flores de *tambleang*[34] com todas as matizes de rosa, vermelho, laranja escuro, sob um enxame de borboletas. Urug sugeriu que nadássemos no rio, meio escondido pela vegetação rasteira, com o encantador e sonoro ruído de correnteza batendo nas pedras. Jogamos nossas roupas num arbusto entre o verde e mergulhamos na água fresca e transparente. Não dava para nadar bem nas poças côncavas entre as pedras. Nós nos jogamos na água ou nos enfiamos na espuma da cascata que caía nas rochas. Nós dois nos refrescamos dessa forma centenas de vezes durante os anos que crescemos em Kebon Jati. A rendição incondicional à água batendo e se movimentando, ao mergulhar e saltar entre as pedras, as inúmeras brincadeiras ligadas ao nado, estão entre as experiências

---

[34] Corruptela holandesa para a palavra indonésia *tembelekan*, que significa "camará".

mais intensas da nossa infância. Dessa vez, Urug e eu ficamos espantosamente decepcionados ao notar que não nos divertíamos mais tomando banho no rio. Talvez eu tenha sido muito peremptório. Melhor dizendo: naquele momento — e também no futuro —, o banho no rio seria nada mais que um mergulho refrescante, uma ação resultante da imperiosa necessidade de arrefecimento — e assim que esse desejo fosse satisfeito, não havia mais nenhum motivo para ficarmos na água. Embora tivéssemos consciência disso, continuamos nadando durante um bom tempo, por costume, e provavelmente também por algum tipo de vergonha, mas sem a alegria espontânea de outrora. A diferença agora era que víamos tudo isso — o nado, o rio, o cintilar da correnteza — com olhos que não eram mais capazes de ver o mundo real como um mundo de fantasia. Desaparecera o reino mágico no qual éramos reis e exploradores. As assombrosas grutas eram apenas áreas com sombras sob a baixa folhagem suspensa na costa, o lugar de caça com platôs de rochas e corredeiras intransitáveis, apenas um rio estreito, ondulando através do leito de cascalho e pedregulhos grandes. Caranguejos e libélulas disparavam com sedutores tons imutáveis, indo para cima e para baixo da superfície, mas não estimulavam mais nossa fantasia como antes, embora, meio que por espírito esportivo, ainda os caçássemos. Enquanto nos deitávamos numa pedra lisa, a fim de nos secarmos, o verdadeiro significado dessas mudanças passou pela minha cabeça. Olhei para Urug e notei no seu olhar a mesma descoberta. Algo tinha acabado. Não éramos mais crianças.

Eugenie estava grávida. Consequentemente, não foi difícil convencer meu pai a me deixar ir para a Batávia fazer o HBS. Ao contrário, tive a impressão de que, para ele, foi uma solução inesperada para um problema delicado. Ir me hospedar com Lida estava fora de cogitação. Acabei indo morar no internato que pertencia à escola. Fui para a Batávia um pouco antes de o curso começar. Urug e Lida já tinham se mudado há algumas semanas. Eu não conhecia a cidade e, no começo, fiquei impressionado com as praças enormes, os edifícios brancos e o trânsito engarrafado. O internato ficava numa casa velha, típica das Índias Holandesas, de cômodos escuros e chão de azulejo. Estava localizado entre outras casas suntuosas, num terreno que, pelo menos ao longo da rua lateral, tinha grama chamuscada. Algumas plantas suculentas com folhas espinhosas, coriáceas, se postavam como sentinelas de ambos os lados da entrada. O internato era gerenciado por um casal de professores, o marido supervisionava os deveres dos meninos e a esposa agia como governanta. No que diz respeito à ornamentação, parecia que tudo era regido pela ordem e eficiência. Não havia excesso de mobiliário e decoração. Os quartos, com paredes brancas altas e assoalhos nus, acomodavam quatro estudantes e contavam, respectivamente, com quatro camas, quatro cômodas, quatro cadeiras, quatro cabideiros. As camas desses cômodos, com seus mosquiteiros pendurados, engomados, cubos de redes de mosquitos, sempre tinham aspecto de gaiolas. As janelas eram de treliças, instaladas a fim de evitar roubos, assim me explicaram. Eu dividia o quarto com três meninos mais velhos, que prestavam pouca atenção em mim, a não ser quando precisavam de um lápis emprestado ou rasgavam folhas dos meus cadernos, que usavam como papel de desenho. A programação diária era simples. Depois do café da manhã, às sete horas, íamos à escola via porta dos fundos do jardim, que delimitava o HBS. Voltávamos à uma da tarde. Aí era servido o almoço, na varanda dos fundos. Ficávamos em três ou quatro mesas e comíamos sem falar muito — o que era mais ou menos proibido. Das duas às quatro e meia era o período de descanso, durante o qual, por regra, tínhamos de ficar em absoluto silêncio. Líamos, dormíamos, fazíamos as lições, esta última com intenção de ficarmos isentos de fazer os deveres sob supervisão, coisa pela qual, sem exceção, todos tinham grande antipatia. Isso geralmente se dava na varanda interna, onde as carteiras e mesas antigas ficavam enfileiradas de maneira sugestiva. Íamos para lá depois do chá, para fazer as lições de gramática e matemática, e ficávamos ali, se necessário, até a hora do jantar. Depois da verificação dos supervisores, quem tinha terminado tudo ficava livre até às oito horas. Nessa atmosfera árida, pouca coisa positiva era concretizada, claro. De vez em quando, os sentimentos contidos se rompiam em crises de vandalismo e palavrões. Geralmente, não se falava de amizade verdadeira entre os meninos. Durante cada curso, formavam-se algumas alianças mais ou menos fixas, mas isso era o máximo. Com exceção de alguns, eu não gostava dos meus companheiros de casa. Acabei participando de pegadinhas e fofocas murmuradas, mas depois tudo aquilo esfriou.

 Se eu acabasse cedo a lição, com frequência ia visitar Urug e Lida, e, de qualquer jeito, passava uma boa parte do domingo com eles. A pensão da qual Lida tomava conta ficava numa vizinhança malcuidada, cuja "situação" se deteriorara havia alguns anos. As casas, ocupadas por chineses ou famílias indo-holandesas, davam a impressão de estarem um tanto negligenciadas. Pequenas lojas nativas e *warungs* fixos surgiam entre casas grandes, e, dessa maneira, parecia que a *kampong* atrás dos jardins se movia em direção à estrada. Lida, que não tinha olho para essas coisas, num certo sentido acabou colocando uma corda no pescoço com essa troca de pensão. Apesar do jardim razoavelmente bem aparado e da varanda da frente recém-pintada de branco, os arredores não a favoreciam. Até a soberba placa na grade: "Casa de Pensão Oude-Bussum", dentro dessa esfera, não soava como uma propaganda. Ela tinha um punhado de hóspedes: alguns solteiros que trabalhavam num escritório na cidade, e que, exceto no jantar, raramente ficavam ali; um casal de velhos que havia vivido dias melhores "no tempo do açúcar",[35] mas, desde a crise, não tinha mais como negar a pobreza; e duas moças de cuja moralidade Lida não duvidava, mas Urug e eu, sim. Ela tinha dois criados atrevidos e três *babus* bem desajeitadas que a ajudavam com os hóspedes pagantes, que ocupavam quartos mobiliados de maneira idêntica, cada um com sua própria varanda e suas cadeiras. O calor e a algazarra da vida na Batávia não agradavam Lida. Ela parecia menos animada e alegre do que em Sukabumi, e quase não tinha tempo para nós.

---

35 Quando o açúcar era o principal produto de exportação das Índias Holandesas.

Em geral, ela ficava no escritório, um quartinho abafado nas dependências, com uma pilha de contas à sua frente. A franja grudava na sua testa úmida e o vestido florido ficava manchado até o pescoço. Quando eu ia ver Urug à tarde, ela me cumprimentava um tanto distraída e nos mandava para a cozinha, pedindo uma limonada ou chá. Nenhum custo ou dificuldade era poupado em relação a Urug. Ele parecia irrepreensível com camisa pólo branca e sapatos de linho. Não usava mais o *topi*. Quando perguntei a respeito, ele fez um gesto impaciente e um som com a boca. "Não sou muçulmano", esclareceu. Devo admitir que nunca o vi demonstrar muito interesse pela sua religião, apesar de ir à mesquita de Kebon Jati com nosso criado.

Sem a cabeça coberta pelo *topi*, ele parecia ter perdido um pouco das suas características. As roupas europeias e o corte da moda, o cabelo cheio, o privavam, em certa medida, da modéstia e do típico ar reservado de nativo, que sempre achei que fosse algo que fizesse parte dele. Segundo o que dizia, Urug gostava da escola, uma MULO cujos meninos vinham de vários cantos do país. Não tinha a menor dificuldade com as matérias. Não sem irritação, percebi que ele tinha adotado o maneirismo e o jeito de falar dos mestiços, que, em grupo, rodavam pela cidade em coloridas motos de corrida, usando trajes extravagantes, imitando estrelas de cinema e heróis do esporte. Ele também começou a fumar, e Lida, que aguentava tudo o que Urug aprontava, fazia vista grossa. Ela tinha orgulho do filho adotivo e fazia o que podia por ele. Ela e Urug tinham, cada um, um quarto nas dependências, mas o dele era maior e mais bem mobiliado que o dela. Sua grande tristeza era notar o tratamento que os hóspedes da pensão reservavam a ela e a Urug, um tratamento cheio de crítica e zombaria. Ela era muito ingênua para entender o significado mais profundo dessas fofocas. Urug sabia bem, mas, até certo ponto, parecia achar engraçado. Ele não se intrometia com os solteiros, comportava-se de maneira bem arrogante com o casal de velhos, e, no que dizia respeito às duas moças, eu nunca o vira tão grosseiramente indiferente como quando estava em presença delas. À tarde, quando caminhávamos pelo jardim, elas comumente ficavam na sua pequena varanda da frente, fazendo as unhas ou algum tratamento de beleza. Usando quimonos folgados, com cabelos desarrumados e chinelos desgastados nos pés, recostavam-se, sem cerimônia, com as pernas na balaustrada, balançando as cadeiras de vime para a frente e para trás. Elas nos chamavam por todo tipo de coisa, das quais, em geral, eu só entendia o duplo sentido bem depois. Urug sorria disfarçadamente e, com o canto do olho, mirava para o outro lado com visível acanhamento. Ainda assim, continuávamos perambulando perto das moças. Normalmente, elas acabavam trazendo frascos de doces, tamarindo cristalizado ou uma iguaria chamada *gulali*;[36] no fim das contas, Urug e eu sentávamos na balaustrada, comendo as guloseimas, enquanto eu notava aqui e ali seu caráter cada vez mais desenfreado. Urug conseguia falar as coisas mais desaforadas dando um sorrisinho e olhando diretamente nos olhos — esses olhares inescrutáveis as confundiam e elas não sabiam se deviam ficar bravas ou não. Em geral, de brincadeira, elas lhe davam um tapa ou um chute, e tentavam incitar algum rompante. Embora eu soubesse que deveria ter aversão pelas ocupantes do quarto, suas conversas e provocações me fascinavam. Eu me sentia culpado quando Lida gritava, de longe, que já era hora de voltar ao internato. Ficava espantado com a calma irônica de Urug, que me acompanhava até a saída e, depois de algumas invectivas direcionadas às moças, acendia um cigarro. Naquela época, parecia que eu tinha menos afinidade com ele que antes. Ele parecia não se importar com os

---

36 Pirulito tradicional indonésio, feito de açúcar de palmeira e coberto de amendoim, além de palito de bambu.

problemas da puberdade com os quais eu lutava. Comparado a ele, eu me sentia inocente e bobo. Talvez a causa desse complexo de inferioridade tenha sido minha limitada liberdade de me movimentar. Urug podia fazer o que quisesse à noite, ao passo que eu, exceto em casos muito excepcionais, tinha permissão para ir à cidade só até às nove da noite. Eu não sabia o que inspirava Lida a se devotar por completo a Urug. Posso apenas imaginar. Descrevo os acontecimentos da forma como me ocorreram na época. Nunca mais vou poder pedir explicações, às partes interessadas, do que fizeram e falaram. No que diz respeito as motivações de Lida, tateio no escuro. Às vezes, acho que ela resolveu cuidar de Urug por causa da própria solidão, da necessidade íntima de encontrar, entre os humanos, uma pessoa a quem pudesse ajudar e direcionar. Para a maioria das mulheres que escolhiam essa profissão, ser enfermeira não era nada menos que uma válvula de escape para instintos profundamente insatisfeitos. Às vezes, eu achava que Urug tinha lançado algum feitiço nela, em mim e em todos ao seu redor; que ele tinha uma daquelas estranhas personalidades passivas que exercia uma atração irresistível. Foi na época da MULO que Urug perdeu todas as características que o faziam ser um menino da *desa* de Sukabumi. Ao contrário, tive a impressão de que ele se esforçava ao máximo para se desfazer de tudo que lhe lembrasse o passado. Agora só falava em holandês e usava roupas notavelmente ocidentais. Nunca usava termos familiares com os funcionários de Lida. Preferia ignorar alusões à nossa infância, à Sidris, aos irmãos e irmãs. A única vez que ele esteve a ponto de me dar um soco foi quando falei do seu pai na presença de alguns colegas da escola. Fiquei profundamente espantado quando notei que Urug deu seu melhor para se passar por mestiço. Eu sabia que ele sempre sentira aversão, beirando o menosprezo, por essa parte da população. Mas seu desejo de se assimilar ao mundo europeu era tão grande que ele mesmo fazia aparentar essa concessão. A transição de uma intimidade para outra era facilitada pelo fato de morar com Lida e pelo contato quase ininterrupto com os colegas de escola, na qual setenta e cinco por cento dos alunos eram miscigenados e pertenciam ao grupo que se esforçava, até de maneira obstinada, em atraí-lo para o Ocidente. Certo dia, ouvi uma conversa entre Urug e Lida, na qual falavam da possibilidade de Urug adotar o sobrenome de Lida. Até me lembro que, durante um tempo, Lida tentou chamar Urug de Ed ou Ted, algo assim, mas ficou impossível de continuar com aquilo. Às vezes íamos ao cinema, lugar onde, com frequência, Urug ia sozinho. Filmes de caubóis nos interessavam menos que os de Tarzan e de terror, e violávamos as restrições de idade para sentirmos sensações eróticas. Depois de assisti-los, em geral nos encontrávamos com alguns amigos de Urug; íamos, de preferência, a um café chinês, cujo serviço e aparência interior lembravam uma típica farmácia norte-americana. Entre níqueis e vidros, sentávamos nas banquetas tomando sorvete ou comendo *bami*,[37] enquanto de um gramofone elétrico ecoava um estridente jazz. Agora também tínhamos contato com garotas, a maioria amigas das irmãs de Urug, do tipo precoces e morenas, cujas risadinhas impenetráveis e ataques de ternura me deixavam confuso. Urug demonstrava preferência por uma garota chamada Poppie, que tinha a pele e os cabelos bem claros. Foi na casa dessa garota que aprendemos a dançar; achávamos que não saber dançar era uma deficiência terrível na nossa educação.

 Poppie morava com a mãe, uma senhora divorciada, bem gorda, com a cara peculiar das pessoas das Índias Holandesas, numa paisagística nova vizinhança na ponta da cidade. O pequeno pavilhão, construído à maneira moderna, ficava num jardim em que o sol batia forte, mas onde nada queria brotar. A antessala decorada com painéis

---

[37] Prato indonésio à base de massas chinesas.

de vidro também era insuportavelmente quente. Enquanto as roupas grudavam no corpo, guiávamos as garotas no tango ou na valsa, ao passo da música triste do desgastado gramofone. A mãe de Poppie ficava sentada numa cadeira observando tudo, com um abanador de papel numa das mãos. Nessa época, dançar e ir ao cinema consistiam nos nossos principais divertimentos, mas às vezes, aos domingos, éramos atraídos pelo cais ou pelos manguezais na parte externa de Tandjung Priok. Percorríamos o mercado de peixes de cheiro penetrante, caminhando ao longo do canal, onde navegavam canoas marrom-avermelhadas. Andávamos até o farol, no fim de um píer estreito, onde pedaços soltos de cimento eram cobertos de algas e conchas escorregadias. Mesmo a brisa do mar não aliviava em nada o calor que sentíamos. A efervescente luz branca pairava acima do teto de zinco das cabines do porto, acima do pó espalhado pelas docas, e acima das casas brancas ao redor do mercado de peixes. Um vapor se movia sobre o mar, encobrindo a visão ao longe. Às vezes, nadávamos nas imediações do cais, sobretudo para mostrar nossa ousadia, pois sabíamos que havia tubarões naquela área. O que nos atraía ainda mais eram os manguezais, apesar do enxame de mosquitos de malária zumbindo nos apodrecidos troncos brancos das árvores. O solo transitável era mole sob nossos pés, e havia um cheiro salobre de podridão no ar. Ali, onde as plantas e as árvores saíam diretamente da água, sons incessantes de sucção vinham das raízes, e na superfície da camada de lama que se formava entre a terra e o mar estalavam bolhas de ar. Aqui e ali encontrávamos pequenas praias entre as árvores, mas a água não era atrativa para nadar. Além disso, os mosquitos não nos deixariam em paz, viriam direto em cima de nós quando tirássemos as roupas. Normalmente andávamos um pouco ao longo da costa, um atrás do outro, numa vereda estreita, sempre nos agachando para evitar bater nos galhos duros que bloqueavam nosso caminho. Onde o solo estivesse seco o suficiente, sentávamos um pouco. Nossas conversas sempre giravam em torno dos mesmos assuntos: as escolas, os amigos que tínhamos em comum, esportes, filmes, garotas. Certo dia, falamos sobre nosso futuro. Estávamos deitados no chão, com os joelhos levantados, os lenços de bolso sob nossas cabeças. Havia muitos insetos ao nosso redor, que tentamos espantar com a fumaça do cigarro. Contei a Urug meus planos de ser engenheiro. "E você?", perguntei, depois de explicar minhas motivações. "Você ainda quer cursar a NIAS?[38] É o que realmente quer fazer?" Urug jogou a ponta do cigarro ao longe, entre os arbustos. "Ah, por que

---

38 *Nederlandsch-Indische Artsen School* (Faculdade de Medicina das Índias Holandesas), uma das principais instituições na época da colonização, com professores do exército holandês, mas exclusiva para nativos. Foi fechada no ano da independência da Indonésia, em 1945.

não?", respondeu com indiferença. "Tanto faz. Não quero trabalhar num escritório. Um médico, pelo menos, é seu próprio chefe. Todos virão falar comigo para *potong* (operar)." Ele ilustrou as palavras fazendo um som realista, igual ao que normalmente é feito quando querem dar a ideia de cortar o pescoço. "Seus pacientes vão gostar", falei. "E também vão ficar com medo de você." "Todos do povo da *desa*", murmurou Urug, ocupado em acender outro cigarro. "Os *dukuns*[39] acabam matando mais ainda com as ervas *obat*[40] e *guna-guna*.[41] Mas preferem magias a ir a um médico de verdade." "Sim, mas talvez eles tenham mais confiança em você, pois você...", comecei a dizer. Queria ter dito: "Pois você é um deles", mas engoli as palavras quando Urug me mirou rápido de soslaio, com um olhar sombrio e ameaçador, já que eu me arriscava a tocar no assunto proibido. "O que você vai cursar, então... para algum cargo no governo?", perguntei apressado; lembrei-me de que tinha ouvido falar de uma bolsa disponível para treinamento médico nas Índias Holandesas.

Urug deu os ombros. Ele ficou de cócoras — e a facilidade com que apoiou o corpo inteiro na sola dos pés e o relaxamento da linha dos ombros, das costas e dos quadris

---

39 "Curandeiros", em indonésio.
40 "Medicionais", em indonésio.
41 "Magia negra", em indonésio.

denunciava sua origem. "Talvez", falou evasivo. Depois de um curto silêncio, acrescentou: "Depois eu quero ir embora daqui." Eu me sentei. "Para a Holanda?", perguntei espantado.

Urug fez os dois sons guturais que nas Índias Holandesas equivaliam a "sim". "Prefiro a América", disse de repente. Ele tinha feito uma pequena pilha de pedras e conchas quebradas, então procurou lançá-las uma a uma num galho de árvore morto, não muito longe de nós. Para Urug, a América era a terra das promessas — uma terra onde, ambos imaginávamos, tudo era maior, melhor, mais bonito que no resto do mundo. Influenciados por filmes e livros, nós a víamos como um lugar onde os arranha-céus e as maravilhas tecnológicas logo eram limitados pelo outro extremo: as planícies do Velho Oeste. Mas o desejo de Urug não era apenas ânsia de aventuras. Depois entendi que ele achava — erroneamente, aliás — que, no Novo Mundo, raça e parentesco não seriam levados em consideração.

Também falamos sobre Lida. Nunca ficou muito claro para mim a relação que ele tinha com ela. Pensando de novo sobre o período que escrevo, não consigo dizer que ele a tratava com amor, ou até que a tratasse com algum respeito. Urug considerava perfeitamente normal os cuidados que Lida dedicava a ele, os sacrifícios que ela fazia por sua causa, que ela nunca perdesse o interesse por seu progresso, a complacência e confiança que tinha nele. Como eu disse antes, Urug era passivo. Aceitara o curso que sua vida tinha tomado, tanto por morar em Kebon Jati quanto por ser meu amigo. Acho que a relação entre ele e Lida não era realmente profunda. Urug era bem-disposto e, em geral, fazia o que lhe pediam sem reclamar. Provavelmente Lida não queria que houvesse uma ligação emocional entre eles. Ela apenas queria ser um fator benéfico no desenvolvimento da sua vida, que, em todas as formas de expressão, lhe eram completamente estranhas, mas talvez justamente isso a atraísse. Ela era modesta demais, amena demais, para demonstrar ou desejar sentimentos de afeição. Só consigo imaginar que ela se sentia recompensada pelos ótimos boletins que Urug trazia para casa, por sua evolução de nativo esfarrapado a estudante bem-sucedido. Além disso, ela ficava muito ocupada no novo escritório para prestar atenção nele.

    As coisas não foram nada fáceis para Lida na Casa Oude-Bussum. Até fico com dó quando tento lembrar de como ela teve que lutar num ambiente hostil à sua natureza e costume. Quando Urug tinha quinze anos — estava no segundo ano da MULO —, Lida descobriu por acaso que as visitas que ele às vezes fazia na hora da sesta às já mencionadas moças da pensão, supostamente para apanhar doces ou uma lista de compras, não eram de natureza totalmente inocente. Depois soube pelo próprio Urug como o caso se desenrolou. Não faz sentido entrar em detalhes. Para Lida, esse acontecimento foi um tapa na cara. Pela primeira vez ela percebeu que essa era uma área na qual Urug precisava de orientação. Era característico de Lida achar que Urug não tinha culpa de nada. Ela mandou as moças embora, fazendo-se de surda aos protestos e às claras alusões das duas. Culpava a si mesma por ter permitido que uma situação daquelas tivesse surgido ali sem que ela soubesse. Não tinha nenhum conselho a dar sobre esse novo aspecto da criação de Urug. Ela começou a controlá-lo com mais atenção, e via perigo onde não existia nenhum. Os passeios pela cidade com as garotas, as lições de dança na casa de Poppie, as diversas idas ao cinema davam-lhe medo. Conhecia muito bem Urug para saber que não eram os fatos biológicos que precisavam vir à tona, mas a maneira de saber exercê-los que o capacitaria a separar a decência da rudeza, a honra da desonra, a disciplina íntima, a reserva e a vontade. Lida achava que a iniciação nessas coisas deveria ser feita por um homem. De repente, previu conflitos inesperados se Urug passasse ali na pensão os anos difíceis que estavam por vir; não que temesse que o incidente com as moças se repetisse, mas sim duvidava que fosse capaz de impor a disciplina que ele precisava ter. Só restava se dirigir à única autoridade que ela conhecia na região: o diretor do meu internato. Eu não sei como Lida o persuadiu a aceitar um garoto da origem e educação de Urug, em termos de comparação com os outros alunos. Acho que a decisão foi tomada levando mais em conta a situação financeira do que a idealista, mas quem é que sabe? Também é possível que ele tivesse simpatia por Lida. Urug morou no internato até acabar o curso na MULO. Primeiro, ficou magoado e ofendido por ter sido restringido. A rigidez da programação diária e a atmosfera da casa não o agradavam em absolutamente nada. Ele era atrevido e desobediente, violava as regras no que dizia respeito às horas de entretenimento, e era totalmente fechado, até comigo. Aos poucos, comecei a perceber que ele agia dessa forma não apenas por vontade de se libertar e resistir, mas também, em grande parte, para impressionar os outros garotos, pois ele sabia que demonstrar bravata era a única maneira de conquistá-los. Era de conhecimento geral que Urug e eu éramos amigos antes mesmo de ele ir morar no internato. Eu nunca tinha escondido ou tentado disfarçar de onde ele vinha — as opiniões dos garotos, caso houvesse críticas ou zombarias, não me importavam nem um pouco. Eu nem ligava para comentários do tipo: "Nós te vimos em Pasar Baru com seu *djongos*", ou: "Saiu de novo com seu nativo?", pois eram só brincadeira, e meu relacionamento com os garotos do internato não era melhor ou pior por causa disso. Mas as coisas mudaram com a chegada de Urug. Em meio aos outros, acabamos vivendo numa espécie de isolamento. Não quero dizer que essa situação parecia um boicote, nem de longe — estou convencido de que a maioria deles não tinha nem consciência do que fazia. Em que medida a maneira provocadora do próprio Urug ajudou, não sei dizer. Sua "alteridade", em geral, nos fazia ser mais respeitados que evitados. O que nos distanciava era o indefinido "outro" ser de Urug, a diferença sutil de comportamento e natureza, na fluência, deveria dizer, se é possível colocar essas coisas em palavras.

Não havia dúvidas da hostilidade em relação a Urug, que se manifestava mais como uma espécie de indiferença, uma falta de interesse. Suas tentativas de chamar a atenção de uma ou outra maneira não levaram a nada. Acho que Urug parou com tudo aquilo assim que se deu conta. Ele persistiu com a brutalidade e indiferença durante um tempo, mas depois, de repente, caiu num estado reservado no qual eu nunca o vira, nem mesmo na época de Kebon Jati. Ficou extremamente taciturno, e o olhar sombrio, à espreita, nunca abandonava seus olhos. Dormíamos no mesmo quarto, mas a presença de outros dois garotos tornava impossível a oportunidade de termos uma conversa privada. Além de tudo, eu duvidava que Urug se abrisse comigo. Nossas caminhadas também ficaram mais raras, mas mesmo quando andávamos juntos ele se precavia em ficar à distância. Eu o conhecia havia muito tempo para ficar chateado com isso. Apesar do fato de estar preso aos meus próprios problemas de puberdade (na época, eu tinha menos aconselhamento do que ele), não sem pena, sabia pelo que Urug estava passando. Não custava muito manter um senso de igualdade na MULO, mas no internato, sim. Nem as roupas nem o comportamento podiam fazê-lo parecer com o que ele desejava: ser um de nós. Provavelmente foi nessa época que Urug e eu começamos a nos afastar. Ele não conseguia não me identificar como sendo do grupo europeu, do qual se sentia rejeitado. Eu sabia que ele tinha parado de sair com os amigos mestiços depois da escola. Então começou a sair bastante com um tal de Abdullah Harudin, um garoto parcialmente descendente de árabes, que, assim como ele, queria fazer a

NIAS. Fiquei com um pouco de ciúmes dessa camaradagem, até me senti excluído. Não sei se isso foi culpa do próprio Urug ou de Abdullah. O fato era que raramente, ou quase nunca, formávamos um trio. Vendo em retrospectiva, parece-me mais provável que a amizade de Urug com Abdullah procurava ser um contrapeso para a situação inoportuna no internato. Abdullah era baixo e gordo, com rosto inteligente e cabelo ondulado. Usava óculos pretos de aros grossos, o que lhe dava um ar um tanto cômico. Seu senso de humor era bem parecido com o de Urug — eles compartilhavam um mundo de ideias do qual eu, quando envelheci, me afastei ainda mais. Acontecia com frequência de não irmos juntos à casa de Lida no domingo ou nas noites livres, pois Urug já tinha marcado algo com Abdullah. Eu ficava desapontado com o fato e um dia falei disso. Urug me olhou calado, mas achei que havia uma certa satisfação por parte dele. Ficou impossível de fazer confissões mútuas. Nas férias, eu ia passar um tempo em Kebon Jati, que parecia me mudar de maneira irrevogável, como se fosse mágica. A casa estava cheia de móveis novos, o jardim estava bem aparado, com sendas de cascalho e canteiros de flores bem cuidados. Eu não reconhecia os rostos dos funcionários. Eugenie, que tinha engordado e parecia bastante saudável, balançava o cetro não apenas na casa do administrador, mas provavelmente no resto da propriedade também. Meu pai parecia bem-disposto e contente. Agora tinha um queixo duplo que batia na beirada do colarinho e, de maneira bastante estranha, o fazia parecer uma daquelas rãs grandes que Urug e eu caçávamos na infância. Quando eu o via esparramado na cadeira, com a manga da camisa enrolada e o cinto da calça apertado na barriga, quase não conseguia imaginar que era a mesma pessoa que, anos atrás, estava sentada triste na varanda interna, ao lado do velho gramofone. O aparelho não estava mais ali, no lugar dele havia um parquinho de plástico do meu meio-irmão. Meu pai me deu algumas cartas que minha mãe havia escrito, vindas de Nice, onde, aparentemente, ela morava agora. Senti um leve cheiro de perfume de lilás incutido no papel. Minha mãe escreveu como se eu ainda fosse um menino e incluiu um recorte de jornal de um novo modelo de carro de corrida. Vi Eugenie olhando aquilo e o sangue me subiu à cabeça. Minha mãe também mandava saudações a Urug: "O que aconteceu com ele?" Guardei as cartas numa gaveta do quarto de hóspedes e decidi não respondê-las. Gerard estava de licença, portanto minha solidão em Kebon Jati estava completa. Vagueei pelos jardins de chá, a única parte da propriedade que não tinha mudado e ainda mantinha todo o seu charme. O cheiro amargo da grama, as flores das acácias rubras contra o céu, as vozes dos colhedores — praticamente inaudíveis ao longe —, tudo era o mesmo ali, os anos sem importância pareciam expirar, ligeiros como um sonho. Sentei-me na relva à beira de uma ravina e observei a superfície, que estava coberta por uma névoa de calor azulada. Escutei o vento farfalhando nos bambuzais das casas da *desa*, e as batidas da correnteza entre a grama. Uma nuvem de borboletas sempre tremulava nos arbustos de *tambleang*. Parecia absurdo que Urug não estivesse ali. Parecia que não era possível ter uma percepção sensorial dessa cadeia de montanhas sem a presença de Urug. A paisagem ficava incompleta sem ele. Foi para preencher essa necessidade íntima que visitei Sidris, mas também era um estranho por lá. Sidris parecia ter medo de me chamar pelo nome, como fazia antigamente. Ela me achou grande, grande demais para me agachar no tapete da varanda da frente. Pegaram uma cadeira quebrada na entrada e eu me sentei nela, fiquei mais alto que Sidris e o restante dos moradores da casa. Senti um desconforto horrível. Sidris falou comigo em sundanês, usando formas e expressões linguísticas com as quais um subordinado se dirige a um superior. Eu preferiria responder de maneira informal, mas não ousei fazer isso, por medo que achasse que eu estava zombando dela. Sidris perguntou por Urug, a quem não via há dois anos. Ela falava sobre ele num tom que me pareceu ser tanto de orgulho quanto de uma certa melancolia. Não fez nenhuma reclamação do fato de que ele não ia visitá-la nem mandava notícias. Tive a impressão de que ela se conformara com a distância, que Urug tinha abandonado de vez a ela e seu mundo. Não fiquei muito tempo com Sidris. Enquanto descia a estrada, a imagem das redondezas, das *sawas*, do verde dos cumes das montanhas, das nuvens lá em cima pareceu ficar mais forte que nunca, gravada na minha memória, como se uma consciência alheia a mim soubesse que essa seria a última vez que veria tudo isso. Também visitei Telaga Hideung. Nunca tinha voltado ali depois do incidente com Deppoh. O mais espantoso era que, até em plena luz do dia, o lugar parecia ser iluminado pela lua. A luz que passava entre o topo das montanhas e ficava suspensa na copa das árvores, até bater na superfície da água, era verde-amarelada, como se tivesse sido filtrada por pedaços de um vitral de igreja. Via plantas aquáticas, os círculos e ondulações da água onde o pai de Urug desaparecera nas profundezas. Ao redor do bosque, prevalecia o total silêncio da tarde. Apenas as folhas do topo da copa das árvores estremeciam numa leve brisa. Mirei a área assombreada entre o verde, onde, antigamente, eu suspeitava ser o abrigo de Nènèh Kombèl. Embora minha crença em fantasmas e assombrações tivesse desaparecido havia vários anos, não achei aquele lugar menos terrível. Não conhecia nenhum nome, nenhuma definição para esse medo, para esse sentimento de angústia que me atingiu quando mirei a água escura esverdeada da superfície. Às vezes, parecia haver lugares no lago onde a água fluía lentamente, quase parada — onde o reflexo das árvores era pálido, a poça de névoa era escura, transparente, onde quer que se olhasse. Notei aqueles lugares estranhos, nitidamente definidos, e uma vez até achei que tinha visto nas profundezas um reflexo avermelhado, quase como sangue escuro. Uma folha que caía me fez dar um pulo com o coração batendo. O lago estava hostil, estranho, um elemento absolutamente desconhecido. Uma nuvem passou pelo sol e a escuridão recaiu sobre o espelho d'água. Andei apressado pela senda estreita e pedregosa, em direção à estrada grande, tropeçando em raízes e rochas. Parecia que algo me impelia a olhar para trás, mas me forcei a não fazê-lo. No dia seguinte, voltei à Batávia.

Urug terminou o curso da MULO com êxito total e partiu para Surabaia. De minha parte, eu tinha começado o quarto ano da HBS. Escrever cartas, como era de se esperar, não era o ponto forte de Urug. Eu tinha, portanto, de me contentar com as notícias que Lida me passava. Visitava-a com mais frequência, não tanto para saber as novidades sobre Urug, mas para encontrar um leve ambiente doméstico que sabia que a casa dela em Sukabumi possuía, um ambiente caseiro inexistente no internato. Mas Lida não tinha mais forças para alimentar uma atmosfera daquelas. O calor tropical e as preocupações a deixavam nervosa, e as experiências com os hóspedes e funcionários acabavam inspirando desconfiança. Apenas de vez em quando surgia alguma coisa da sua "mentalidade água com açúcar", que Urug e eu, apesar das brincadeiras, sempre havíamos apreciado em segredo. Quanto mais Lida ficava decepcionada com a direção da pensão, mais as expectativas aumentavam em relação a Urug. Ela me mostrou uma foto de Urug no meio dos colegas de sala, a maioria estudantes nativos. "Ele aparenta estar bem, não é?", perguntou Lida, enquanto olhava a foto pelos óculos de costura. "Ele gosta de lá. Na verdade, não fico espantada. Ele sempre aprendeu tão rápido. Surabaia deve ser bom. Ele mora com Abdullah, com a família dele." Um tom de desejo em sua voz me fez olhar rápido para cima. As maçãs do rosto sobressaíam no seu rosto estreito, a franjinha estava mais grisalha e pegajosa, como normalmente ficava, na testa suada. Logo percebi sua real intenção. Queria ir para Surabaia. Minha suspeita se confirmou meses depois. Ela sempre falava em detalhes sobre as cartas de Urug. Ele parecia cada vez mais interessado no trabalho e era membro de algumas organizações, das quais não disse nada a respeito, mas que tomavam seu tempo. O tom das cartas me espantou um pouco. Tive dificuldade de imaginar que Urug as escrevera — o amante de cinema e frequentador de sorveterias, o imitador de janotas indo-holandeses, o estudante inteligente, mas apático. Nas cartas de Surabaia, havia passagens que testemunhavam um interesse bem diferente. Ele criticava as regras governamentais sobre medicina e higiene, dando exemplos de negligência com pacientes nativos de classes sociais baixas; essas reivindicações deveriam ser ilustrativas, mas eram feitas de uma maneira que, eu suspeitava, não parecia ser a dele, mas de outra pessoa. Contudo, ele se apresentava como aspirante a médico governamental das Índias Holandesas e, portanto, recebia um subsídio. Até comentei isso com Lida. "É bom que ele veja erros onde há erros", falou evasiva. Então veio um período no qual as cartas escassearam. Com as que recebia, Lida era menos franca. Ela parecia mais distraída e irritada, oprimida por problemas que não sabia resolver. Por fim, chegou a uma conclusão. Pela segunda vez, ia fechar a pensão e partir com um carro lotado de malas e móveis para Surabaia.

Mantive contato esporádico com Urug e Lida através de cartas, de vez em quando um cartão, ou escrevia uma notinha apressada. Dessa correspondência, entendi que Lida também tinha encontrado um abrigo hospitaleiro com a família de Abdullah. Ela trabalhava como enfermeira-chefe num hospital para nativos. Em geral, era ela quem me escrevia. Às vezes, Urug rabiscava seu nome ou mandava cumprimentos ao pé da folha, mas só isso. O tempo passou rápido para mim, pois estudei muito para as provas finais. Passei com notas razoáveis, como já esperava, depois de tanto estudo. Meu pai veio para a Batávia e conversamos sobre meu futuro. Eu tinha dezessete, quase dezoito anos, e era bem alto para minha idade. A diretora do internato tinha me dado calças compridas, pois estava ficando ridículo de shorts curto, com pernas magras e peludas. Tomando um copo de cerveja no Harmonie,[42] meu pai me apresentou seus planos. Concordou que eu estudasse engenharia e decidiu que me mandaria à Holanda, para Delft, naquele ano mesmo. A partir daí, tudo correu de maneira bem rápida. Uma passagem foi reservada para mim num navio a vapor, um baú novo tinha sido comprado e preenchido com meus poucos pertences. Já que Eugenie estava a ponto de ter o segundo filho, eu não poderia mais ficar hospedado em Kebon Jati. Mas, antes de partir para a Holanda, fui a Surabaia, a fim de me despedir de Urug e Lida.

Urug esperava por mim na saída da estação e, assim como eu, vestia uma calça branca comprida. Seu rosto estava mais fino do que eu me lembrava, e mais bem definido. Quase de imediato notei que estava usando o *topi* de novo. Ele estava parado, um tanto apoiado num quadril, com as mãos na cintura, olhando imóvel para os pedestres no caixa. Quando me viu, veio me cumprimentar lento e calado. Por um momento, parecia que eu não o conhecia. O agitado garoto de sapatos norte-americanos e camisa polo um

---

42 *Societeit de Harmonie* (Sociedade da Harmonia), um dos clubes de elite mais famosos e caros das Índias Holandesas.

tanto chamativa, com modos *brani*[43] e olhar ágil e enviesado, que abrigava tanto certa timidez quanto uma zombaria secreta, tinha sido substituído por um rapaz nativo sério, mais maduro que eu, e cheio de uma autoconsciência completamente nova e temporal. Eu não soube muito bem como agir com ele. Falamos sobre os estudos, as provas, a NIAS. Perguntei dos amigos, dos passatempos. Ele hesitou um pouco e depois disse: "Tenho muito contato com... meus semelhantes. Há muito o que fazer." Tomei isso como uma alusão às associações que ele tinha mencionado nas cartas e perguntei: "Imagino que você esteja ligado a alguns clubes. O que tem feito lá, as coisas estão boas?" "Oh, não são clubes sociais", respondeu rápido. "Você não entendeu. Não temos muito tempo para isso. Mas nos divertimos bastante, claro", acrescentou. "Você não dança mais?", perguntei, tentando fazer uma brincadeira. O olhar de Urug pareceu ficar sombrio, ele nem deu risada. "Há muito o que fazer." A carroça que pegamos na estação parou na frente de uma casa ampla, típica das Índias Holandesas, numa rua tranquila e cheia de árvores. A varanda da frente estava quase totalmente coberta de inúmeros potes grandes e pequenos, cheios de samambaias e palmeiras hirsutas, que fi-

---

43 "Marrento", em indonésio.

cavam na balaustrada e na parede baixinha. Uma senhora surgiu da escuridão, vinda de dentro da casa. Ela usava um vestido solto de algodão estampado, os pés calçavam sandálias, seu cabelo grisalho brilhantemente alisado estava repartido de cada lado do rosto por presilhas. Sua maneira de andar tinha algo inequivocamente das Índias Holandesas. Era Lida.

"Olá", ela me disse, mostrando um resquício de seu sorriso antigo. Passou a mão na testa e me disse para entrar. Dentro da casa, Abdullah estava sentado com seus familiares: um velho gordo de pijamas e duas garotas de uns dezesseis anos com belos traços javaneses. Abdullah tinha mudado menos que Urug. Ele me cumprimentou sorrindo e apanhou uma cadeira de balanço para mim. A conversa foi um pouco rude. Nem Urug nem Lida conseguiam usar o tom familiar de antigamente. Parecia que isso seria impossível de recuperar. Eu não reconhecia essa Lida — que tirou as sandálias e permaneceu descalça, e, depois de se sentar, ficou desfazendo um tamarindo cristalizado — como a mulher com quem convivi em Sukabumi e, depois, na Batávia. Realmente era um mistério por que ela morava nessa casa. Acomodações não faltavam em Surabaia, e com certeza havia outros lugares para ficar perto de Urug. Em cima da mobília antiquada, na varanda dos fundos, havia gaiolas penduradas, nas quais diferentes tipos de pássaros gorjeavam e pulavam. Um mainá-da-montanha estava num toco, com uma corrente na pata. Ali também havia uma inundação de plantas e samambaias em potes de porcelana. O jardim de trás era escuro, quase acobertado pelas folhas suspensas e pelas raízes aéreas das árvores *waringin*.[44] Sei que vai soar estranho, mas, por um momento, pareceu-me que existia uma semelhança entre a sombreada varanda dos fundos cheia de plantas e pássaros e Telaga Hideung, como eu tinha visto da última vez, uma nuvem passando pelo sol. A impressão desapareceu parcialmente quando uma das sobrinhas de Abdullah acendeu um candeeiro num globo fosco, que logo virou um enxame de insetos.

 Depois do jantar, o tom foi mais jovial. De maneira arrastada, desconhecida para mim, Lida contou do emprego no hospital. Perguntei-lhe por que não tido ido trabalhar num hospital europeu. Ela trocou olhares com Urug e Abdullah, que não entendi. "Agora ela fala bem o malaio", disse Urug, "e está aprendendo javanês". "Para poder ajudar Urug quando ele começar a trabalhar com a população", completou Lida, sem ti-

---

[44] *Ficus benjamina*, em indonésio. Espécie de planta típica indonésia.

rar os olhos do filho adotivo. "Depois... vai ser necessário", disse Urug, com uma matiz risonha nos olhos. "Você vai trabalhar no governo, não é?", perguntei, nem tanto porque queria ouvir uma resposta afirmativa, mas para direcionar a conversa a um assunto que eu pudesse acompanhar. Abdullah, que descascava *katjang*, balançou a cabeça. "Não, eu não vou trabalhar no governo", respondeu Urug. "Mas achei que você recebia um subsídio — ou não?", perguntei.

"Ela é quem paga meus estudos", disse Urug, inclinando a cabeça em direção a Lida. Passei os olhos de um para o outro. Os insetos voavam, farfalhavam, zumbiam, ao redor do candeeiro. O velho, que não tinha falado muito, balançava-se em silêncio para a frente e para trás na cadeira. Lida brincava com uma farpa de bambu na ponta da mesa. Mas Urug e Abdullah responderam ao meu olhar. De repente, senti que esse era o momento pelo qual eles esperavam há tanto tempo. Queriam provocar o adversário. Para eles, naquele momento, eu era o símbolo, a personificação de algo que tinham sido contrários a vida inteira. Lutei para manter o senso de realidade, que ameaçava escapar rápido daquela varanda. "Como assim?", perguntei a Urug. "Não quero ficar nas mãos do governo holandês", respondeu num tom suave. "Não preciso da ajuda de vocês." "Vocês?", falei, enquanto sentia o sangue me subir à cabeça, pois agora entendia o significado das palavras dele. "Mas uma mãozinha da Lida você aceita." "Lida pensa como nós", disse Urug com orgulho. Uma coisa levou a outra e seguiu-se um debate no qual eu tive de ficar na defensiva, pois o assunto me era estranho. Eu não sabia praticamente nada sobre as correntes nacionalistas, as escolas não-oficiais, a agitação que estava se formando em certos setores da população nativa. Ouvi calado o dilúvio de acusações e censuras que Urug e Abdullah, ambos já completamente inflamados, direcionavam ao governo, aos holandeses, aos brancos em geral. Achei que diversas reivindicações não tinham fundamento ou eram injustas, mas eu não tinha argumentos para refutá-las. Meu espanto aumentava a cada minuto, pois Urug, nesse novo ambiente de estudantes progressistas e jovens agitadores, parecia ter virado um orador. "A população da *desa*, a população comum, foi feita de boba", ele falou com ferocidade, enquanto me olhava fixo, apoiando-se na mesa. "Era de interesse de vocês impedir que o povo se desenvolvesse. Mas isso acabou. Nós vamos dar um jeito nisso. Eles não precisam de bonecos *wayang* ou gamelão,[45] nem de superstições ou *dukuns* — não vivemos mais no Império de Mataram, e Java não precisa mais parecer um presente de cartão-postal para turistas. De que adianta tudo isso? O templo de Borobudur é só um monte de pedras. Que nos deem fábricas, navios de guerras, clínicas modernas, escolas, e que nos deixem cuidar dos nossos próprios assuntos..." Enquanto Urug argumentava, movimentando o punho esquerdo cerrado, e suas palavras subiam de tom, vi diversos rostos à minha volta me mirando, como se eu estivesse tendo um sonho. Num canto escuro da varanda dos fundos, fora do círculo luminoso do candeeiro, as sobrinhas de Abdullah sussurravam entre elas. O velho ficava balançando a cabeça de modo aprovativo. Abdullah continuava descascando *katjang*, mas quando olhou para cima, vi seus olhos escuros reluzirem atrás dos óculos. Lida dizia de vez em quando: "Sim, sim." Tinha tirado a farpa de bambu da mesa, e agora dividia as fibras finas com as unhas. Ela não me olhou nenhuma vez. Senti que, no íntimo, ela estava com vergonha de mim e que, no fundo, talvez tivesse consciência de que esse novo ideal era a última tentativa desesperada do seu coração infantil de conter a solidão. Qua-

---

45 Conjunto de instrumentos de origem indonésia, como gongos, xilofones, tambores.

se tive compaixão por ela. Se, na época, eu tivesse conseguido formular todas essas coisas de uma maneira mais fundamentada, então talvez tudo ocorresse de outra maneira. Fiquei sentado encarando Urug e Abdullah, sentindo-me como se estivesse fazendo parte de um pesadelo. Essa sensação de irrealidade persistiu até tarde, quando fui dormir numa cama já preparada para mim. Através das janelas abertas, vi o brilho das estrelas atrás dos galhos das árvores *waringin*. Ao redor havia inúmeros sons familiares da noite das Índias Holandesas. Mas, de vez em quando, aparecia um ruído que eu não conhecia. No quarto adjacente, escutei Urug e Abdullah falarem num tom abafado. A separação entre o meu mundo e o deles estava completa.

Parti para a Europa. Não adianta me estender sobre esse período, sobre a curta estadia com minha mãe em Nice, meus estudos em Delft, que foram interrompidos pela guerra e, depois, paralisados de vez pelas medidas dos alemães. Cumpri algumas ações na ilegalidade, como a maioria das pessoas que eu conhecia. Fiquei cada vez mais preocupado com o destino de Urug e Lida, assim como com o do meu pai e sua família, um destino que eu não tinha a mínima ideia de como seria. Depois da capitulação do Japão,[46] recebi algumas notícias.

---

46 Referência à ocupação japonesa da Indonésia. Durante a Segunda Guerra, os japoneses invadiram as Índias Holandesas, a fim de fazer a Holanda, colaboradora dos Estados Unidos, capitular na guerra, e ajudaram os indonésios a se rebelarem contra seus colonizadores. Foi criado o hoje chamado "campo de concentração japonês", onde milhões de holandeses e colaboradores fizeram trabalhos forçados e morreram. A independência da Indonésia ocorreu no mesmo ano em que acabou a Segunda Guerra, 1945.

Meu pai tinha morrido, Eugenie e as crianças estavam na Batávia, esperando serem transportadas para a Holanda. Não soube nada de Urug e Lida, embora tenha tentado contatá-los de todas as formas. Terminei os estudos e fiz o que planejava havia anos: inscrevi-me para um emprego nas Índias Holandesas. A situação caótica de lá, a relação estranha que a ocupação japonesa havia deixado como herança, não me preocupava. Eu não tinha a menor dúvida do caráter temporário dessas dificuldades. O tão criticado pensamento "colonial" — justa ou injustamente — na Holanda do pós-guerra me era estranho. Minha vontade de voltar às Índias Holandesas e trabalhar lá surgiu, acima de tudo, pelo sentimento profundamente enraizado de solidariedade com o país em que nasci e fui criado. Os anos passados na Holanda, embora tivessem sido importantes, contavam menos que minha juventude e os tempos de escola nas Índias Holandesas.

 Se é verdade que para cada pessoa há uma paisagem da alma, uma certa atmosfera, uma imediação que evoca vibrações profundas nos recantos mais distantes do seu ser, então minha paisagem era — e ainda é — a imagem da cadeia de montanhas de Preanger: o cheiro amargo dos arbustos de chá, o som da correnteza cristalina batendo nas rochas, as sombras azuis das nuvens sobre a planície. Minha vontade de que tudo fosse purificado era algo que eu já tinha vivido nos anos da guerra, onde cada contato, cada retorno, era impossível. Nem o encontro com Eugenie em Haia, sua ferocidade e histeria, a renúncia cheia de imprecações ao país deixado para trás, puderam diminuir minha alegria em voltar para lá. Minha chegada à Batávia coincidiu com o começo do que vou chamar, para simplificar, de ações policiais.[47] Não encontrei nenhuma pista de Urug. Não havia nenhuma informação sobre o destino dos estudantes da NIAS. Nas ruas da Batávia, que estavam bem mais desordenadas que antes, mas ainda assim familiares, como um amigo cujo rosto tinha sofrido e envelhecido embora ainda fosse familiar, procurei automaticamente Urug entre os transeuntes. Achei que o vira mil vezes, e sempre ficava decepcionado ao constatar que não era ele. Certo dia, acabei encontrando Abdullah no meio de uma multidão, na frente da agência de notícias Aneta,[48] onde um comunicado foi divulgado. Reconheci-o de imediato por cau-

---

[47] No original, *politionele acties*; termo usado pelo governo holandês para se referir às duas ofensivas militares realizadas por eles, em Java e Sumatra, contra a independência indonésia. Em indonésio, é usado um termo oposto, *agresi militer belanda* (agressões militares holandesas).
[48] Sigla para *Algemeen Nieuws-en Telegraaf-Agentschap* (Agência de Notícias e Telegrafia), primeira agência de notícias implantada nas Índias Holandesas e órgão semioficial do governo holandês.

sa dos óculos, embora aparentasse estar mais pobre e bem mais magro. "Abdullah?", gritei sobre as cabeças que nos separavam. Ele olhou para cima e procurou ao redor. Será que me viu? A luz do sol cintilou nos óculos e não me deixou acompanhar seu olhar. Ele parou um momento no meio das pessoas agitadas, com o rosto voltado para mim. Quis ir até ele, mas, quando estava perto de alcançá-lo, ele passou alguns metros longe de mim, na direção contrária. Gritei de novo, e empurrei alguns pedestres ao meu lado. Abdullah já tinha desaparecido há muito.

 Tive de ir trabalhar na reconstrução das pontes destruídas pelos republicanos, em Preanger. Meu primeiro posto era apenas a algumas horas de carro de Kebon Jati e, assim que tive a oportunidade, acabei não resistindo e fui para lá junto com a patrulha que fazia o controle. Fiquei no caminhão aberto, olhando a paisagem amada. De ambos os lados da estrada havia poços e aguaceiros cheios, onde o mesmo pé da montanha verde, o mesmo bambuzal me faziam relembrar os tempos antigos. A água das *sawas* brilhava no sol, refletindo não apenas as nuvens andando numa tranquilidade imutável, mas também os postes telegráficos, pendentes, truncados, ou enrolados com cabos soltos. Um grupo de pessoas vestidas com trapos sujos olhava fixo o caminhão, com rostos inexpressivos. Apenas algumas crianças pequenas pulavam para lá e para cá num canto da estrada, enquanto suas vozes estridentes podiam ser escutadas mesmo com o trovejar das nossas rodas. A estação onde Urug e eu pegávamos o trem para Sukabumi agora era só uma plantação de pedras escurecidas. Ervas daninhas e arbustos cresceram onde antes estavam os *warongs*, e as casas da *desa* do outro lado da estrada tinham desaparecido. Fomos até a curva da estrada, e eu sabia que íamos chegar ao sopé dos jardins de chá. Antigamente, daquele ponto em diante, já era possível ver a casa do administrador, no alto da montanha, um ponto branco entre infinitas fileiras de arbustos. Curvei-me para o lado do caminhão com o coração batendo forte. Eu sabia que não deveria esperar encontrar a antiga imagem intacta, pois Kebon Jati também era a rota de recuo dos republicanos. Mas não importava o quão descuidada e desfigurada a propriedade poderia estar, aquele era meu regresso à casa.

 A paisagem que se revelou quando dobramos a estrada foi algo que eu não pensava ver nem em pesadelos. Os escurecidos cumes das colinas estavam assustadoramente nus. O caminhão ia pela estrada como se estivesse andando pelas costelas de um enorme cadáver. Quando achei que tinha esquecido de ver a casa, na mesma hora percebi que ela não estava mais lá. A muito custo, consegui notar onde ela se localizava. O motorista do caminhão se ofereceu para ir até as ruínas. A patrulha esteve ali antes, a fim de avaliar os danos. Mas eu recusei e passamos pelas colinas escuras. Só quando entramos no túnel da floresta é que o que me cercava bateu com minhas lembranças. A mesma corredeira gelada descendo as pedras, com a muralha de samambaias, o mesmo cheiro de terra e plantas podres chegou até nós, vindo das profundezas da relva. Reconheci o lugar onde a lateral da estrada para Telaga Hideung devia estar escondida na selva e pedi aos outros que parassem. Depois do longo percurso da viagem, ficaram felizes em fazê-lo. Descerem do caminhão para esticar as pernas. Dei um pretexto para sair dali e penetrei entre as árvores. Andei rápido, embora o caminho estivesse quase irreconhecível entre as plantas e os arbustos. Olhei para a copa das árvores e para o lugar iluminado entre as folhas ao longe, onde eu sabia que a luz do sol passava entre os cumes das montanhas e ia até a planície. Alguns pássaros, cujo nomes esqueci, cantavam ao redor, escondidos na folhagem. A floresta estava cheia de incessantes murmúrios misteriosos, que marcará para sempre esse lugar em mim. Além do lago, reflexivamente escuro, das plantas aquáticas e das ondulações do vento na superfície — achei que nada tinha mudado. Um pombo-torcaz gritou, sedutor e doce, na escuridão do grupo de árvores do outro lado. Eu me abaixei na margem e olhei para o cintilante verde-dourado das copas em cima da ravina, iluminadas pelo sol. Quase não havia nenhum som na água, apenas uma rã ou um lagarto passando entre as plantas da margem. As raízes aéreas das árvores pareciam imóveis no espelho d'água. O pombo-torcaz gritou outra vez, agora estava mais perto, era o que me parecia. Lembrei-me da época em que Urug e eu brincávamos, usando idênticos macacões de tecido listrado, nos degraus da varanda dos fundos em Kebon Jati. Pensei no arrulho dos pombos que nunca se calavam e ficavam na gaiola atrás dos quartos dos empregados.

A relva farfalhava no vento, uma ondulação fluía na água. Achei que tinha visto um brilho vermelho sob a superfície, como sangue coagulado, do qual me lembrava havia muitos anos. Também pensei na varanda dos fundos da casa de Abdullah — por quê?

Uma sombra recaiu sobre mim. Virei-me e vi um nativo parado, num imundo shorts cáqui, com um lenço de tecido *batik* mal amarrado no cabelo despenteado. Ele me mirou com um olhar feroz, embora cego, e indicou com o revólver que eu devia erguer os braços. "Urug", falei quase alto. O pombo-torcaz saiu da árvore, batendo as asas.

    Não sei quanto tempo ficamos nos encarando, sem falar nada. Não me mexi, nem ele. Esperei, mas sem medo, totalmente relaxado. Ocorreu-me que aquele momento era a culminação inevitável de todos os acontecimentos, desde que Urug e eu nascemos. Tinha crescido e amadurecido em nós, contra nossa vontade, contra nossa consciência. Pela primeira vez, aqui estava a encruzilhada na qual um encarava o outro com a maior honestidade.

    Ele levantou a arma. "Não estou sozinho", falei, embora não ache que tenha sido o medo que me levou a falar isso. Realmente, não me importava se ele ia atirar ou não. A expressão do seu rosto não mudou em nada, mas ele tirou o indicador do gatilho do revólver. Concluí que ele estava sozinho. "Vá embora", ele falou em sundanês, "vá embora, ou vou atirar. Você não tem nada a fazer aqui".

    Vi que ele ficou pálido. A cicatriz na sua bochecha estava mais saliente que antes. "Olhe...", comecei a falar, mas ele me interrompeu com voz brava: "Vá embora. Você não tem nada a fazer aqui." Seus olhos cintilaram sombriamente, como o espelho d'água de Telaga Hideung, e ele tinha pouca intenção de demonstrar o que estava escondido nas profundezas.

Percebi que era loucura tentar fazê-lo engatar uma conversa. O que *pude* descobrir era claramente visível. Ele tinha um pano sujo amarrado no braço direito, no qual notei o símbolo da Cruz Vermelha. Uma *kris*[49] no cinto, um *batik* enrolado na cabeça à maneira sundanesa, um shorts cáqui do tipo americano e um revólver — talvez provido do legado de um japonês —, esses apetrechos denunciavam tudo pelo qual ele havia passado. "Vá embora", ele repetiu, redundante. Eu me virei para olhar Telaga Hideung, uma cratera antiga transformada em lago devido à chuva — um espelho para árvores e nuvens, um pátio e recreio para luzes, sombras, pé de ventos e mangueiras d'água —, o reino secreto que traíra sua crueldade impessoal pela presença do reflexo do sangue e dos galhos presos sob a superfície escura.

Uma nuvem passou pelo sol e o lago brilhou frio, feito unha e carne. O som agudo da sirene da patrulha surgiu ao longe. Vi que eu estava perdido. Os olhos dele procuraram, relampejantes, um lugar na floresta. Ele não

---

49 Espécie de adaga ondulada, típica indonésia.

estava mais pensando em mim. Cada músculo do seu corpo estava estendido para a defesa, para a fuga. Ele ficou um pouco virado, meio que decidindo. Os tendões do pescoço e os ombros magros eram visíveis por causa da camisa rasgada. Ele estava, ao mesmo tempo, lamentável e assustador — selvagem numa emboscada, mas também com a inteligência que destruiu a *desa* e queimou as colinas. Vi-o por mais um momento, parado na escuridão do fundo da floresta. Ouviam-se as vozes dos meus companheiros de viagem não muito longe, no caminho entre as árvores. Olhei de novo, mas ele já tinha desaparecido, não soube para qual direção. As folhas quase se moviam, deve ter sido o vento. Andei e me juntei à patrulha. Realmente era Urug? Não sei, nunca vou saber. Até perdi a capacidade de reconhecê-lo.

Eu não quis fazer outra coisa a não ser escrever um relatório sobre a juventude que passamos juntos. Quero manter as imagens daqueles anos antes que passem sem deixar rastros, como se fossem apenas fumaça ao vento. Kebon Jati é uma lembrança, o internato também, e Lida; Abdullah e eu nos vimos e ficamos calados, e nunca mais vou encontrar Urug. Não vou fingir e dizer que o entendi. Eu o conhecia, assim como conhecia Telaga Hideung — um espelho d'água na superfície. Não conhecia suas profundezas. Será que é tarde? Serei para sempre um estrangeiro no país onde nasci, no solo em que não quero ser replantado? Só o tempo dirá.

Posfácio

por Daniel Dago

Os três primeiros escritos de Hella Haasse (1918-2011) — *50 jaar Scheepsbouw* [Cinquenta anos de construção naval, 1944, peça de teatro], *Stroomversnelling* [Corredeira, 1945, poemas], *Kleren maken de vrouw* [A roupa faz a mulher, 1947, romance] — não causam impacto. Mas *O amigo perdido* catapulta a autora da noite para o dia à fama e inicia o caminho daquela que até hoje é considerada a principal escritora holandesa do século XX.

Podemos dividir a extensa ficção de Haasse da seguinte maneira: obras sobre a colonização da Indonésia, obras históricas sobre outros países, obras sobre assuntos contemporâneos diversos. Dentre dezenas de obras, destacamos *Heren van de thee* [Os senhores do chá, 1992], sobre a ascensão e queda do dono de uma plantação de chá; *Sleuteloog* [O olho da fechadura (tradução não literal), 2002], tido como uma espécie de continuação espiritual de *O amigo perdido*; *Het woud der verwachting* [O bosque da espera, 1949], sobre a vida de Charles d'Orléans e a França medieval; *De scharlaken stad* [A cidade escarlate, 1952], sobre a Renascença italiana; *De wegen der verbeelding* [Os caminhos da imaginação, 1983], uma espécie de paródia do romance policial; e *Berichten van het blauwe huis* [Mensagens da casa azul, 1983], sobre duas irmãs que se reencontram depois de décadas.

Hella Haasse, carinhosamente apelidada de "dama da literatura holandesa", ganhou diversas honrarias durante sua longa vida. Recebeu os três principais prêmios holandeses pelo conjunto de sua obra: Prêmio Constantijn Huygens, em 1981; Prêmio P.C. Hooft, em 1983; Prêmio das Letras Holandesas, em 2004. Recebeu ainda a Medalha de Honra pela Arte e Ciência diretamente das mãos da rainha dos Países Baixos, a Ordem das Artes e das Letras do Ministério da Cultura da França, e a Ordem Nacional da

Legião de Honra da França. Em 2007, um planetoide foi nomeado em sua homenagem, "Hellahaasse". No ano seguinte, abriu-se um museu dedicado à vida e obra da autora, um dos primeiros museus virtuais da Holanda.

O amigo perdido (*Oeroeg*, no original) tem relação direta com a vida de Haasse. Hella nasceu na Batávia (atual Jacarta), e, excetuando-se visitas curtas à Holanda, passou praticamente a infância e a adolescência inteira na atual Indonésia. Morou em Surabaia, Bandung, Buitenzorg, e, claro, na Batávia. Seu pai, Willem Hendrik Haasse, tinha um cargo similar ao do pai do protagonista inominado: era inspetor financeiro do governo das Índias Holandesas. Apenas um pouco antes de sua ida para a Holanda a fim de cursar a universidade, durante uma das visitas àquele país, Haasse se dá conta do abismo social entre holandeses e indonésios.

Em 1947, aos 29 anos, já morando em definitivo na Holanda há dez anos, Haasse recebe o convite para participar de um concurso literário. Poucos meses antes, sua filha de 3 anos tinha morrido e, como forma de lidar com o luto, ela escreve *O amigo perdido*. Manda seu manuscrito ao concurso sob o pseudônimo de Suka Tulis (Gosto de Escrever, em malaio). Vencedor, o livro sai pelo selo do concurso no dia 26 fevereiro de 1948 com uma tiragem de 145 mil exemplares e sem o nome da autora na capa, fato que só seria revelado depois da publicação. A partir da segunda edição, já por uma editora comercial renomada, o nome da autora constaria na capa.

A publicação se dá em meio à tumultuosa independência da Indonésia, autoproclamada em 1945. Apenas no ano seguinte ao lançamento de O amigo perdido é que o governo holandês reconhece a independência de sua ex-colônia. Por esses motivos, a recepção inicial de O amigo perdido foi bastante mista, tanto por parte da crítica holandesa quanto da indonésia. Mesmo assim, ele provou que veio para ficar e ganhou status de clássico: o livro nunca saiu de catálogo — hoje está na 53ª edição. É considerado a porta de entrada não apenas da obra de Haasse, mas da literatura colonial indo-holandesa como um todo. Em 2009, O amigo perdido foi escolhido pelo governo holandês como peça central numa campanha anual que promove a leitura de obras holandesas.

O livro fez boa carreira internacional. Foi traduzido ao alemão, árabe, inglês, esperanto, francês, húngaro, indonésio, italiano, japonês, polonês, romeno, servo-croata, tcheco, galês.

Também foi levado para fora das páginas. Ganhou diversas montagens teatrais e foi adaptado aos cinemas em 1993.

Além da Segunda Guerra Mundial, a colonização da Indonésia é a temática mais importante para os holandeses sobre sua história recente. Assim como os sobreviventes do Holocausto, há muito sobreviventes do campo de concentração japonês e descendentes de indonésios na Holanda. Portanto, *O amigo perdido* toca numa ferida muito profunda e recente para ambos os países, Holanda e Indonésia.

O amigo perdido tem um papel importante na formação dos holandeses por ter sido usado nas escolas durante décadas — até os dias de hoje, inclusive — como livro introdutório ao tema da colonização. Com uma linguagem clara e simples, além de seu tamanho diminuto, *O amigo perdido* difere muito de seus pares literários que também abordam esse tema, como *Max Havelaar*, de Multatuli, ou *O país de origem*, de Edgar du Perron, ambos livros experimentais e de grande extensão. O livro de Multatuli é político demais e o de Du Perron é intelectual demais; são excelentes para se aprofundar, mas não para se iniciar no tema, ao contrário de *O amigo perdido*.

Obras relacionadas às Índias Holandesas são um desafio à parte para qualquer tradutor. A começar pelas próprias línguas ali faladas (indonésio, malaio, sundanês, entre outras), que são quase idênticas entre si, portanto sendo difícil de saber a raiz correta. Para complicar, os holandeses de então falavam errado e/ou "holandizavam" palavras daquelas línguas. Um terceiro ponto a ser levado em conta: a Indonésia também foi colonizada por Portugal, e várias coisas do português entraram no indonésio. O tradutor de obras desse período, obrigatoriamente, tem que se posicionar de forma muito clara. Optamos por deixar as palavras nas línguas originais — o que exigiu enorme pesquisa —, a não ser quando indicado o contrário.

Fontes

www.hellahaassemuseum.nl

SALVERDA, Murk; HAARSMA, Mariëtte; HEEMSKERK, Greetje. *Ik maak kenbaar wat bestond. Leven en werk van Hella S. Haasse*. Amsterdã: Querido, 1993.

TRUIJENS, Aleid. *Hella S. Haasse: draden trekken door het labyrint*. Nijmegen: Sun, 1997.

TRUIJENS, Aleid et al. "Hella S. Haasse", *Kritisch Literatuur Lexicon na 1945*. Vol. 5, n. 54. Groningen: Nijhoff, 1994.

Exemplares impressos em OFFSET sobre papel Cartão LD 250g/m2 e pólen Soft LD 80g/m2 da Suzano Papel e Celulose para a Editora Rua do Sabão.